U0939048

By Xiaojun Song
宋小君 | 著

中国華僑出版社

图书在版编目（CIP）数据

姑娘，我们一起合租吧 / 宋小君著. —北京：中国华侨出版社，2012.6

ISBN 978-7-5113-2340-8

Ⅰ. ①姑… Ⅱ.①宋… Ⅲ.①长篇小说－中国－当代 Ⅳ. ①I247.5

中国版本图书馆CIP数据核字(2012)第078989号

姑娘，我们一起合租吧

著　　者：宋小君
出 版 人：方　鸣
责任编辑：笑　笛
封面设计：棱角视觉
版式设计：刘碧微
经　　销：新华书店
开　　本：880mm×1230mm 1/32　　印张：8　　字数：200千字
印　　刷：三河市延风印装厂
版　　次：2012年6月第1版　　　2012年6月第1次印刷
书　　号：ISBN 978-7-5113-2340-8
定　　价：28.00元

中国华侨出版社 北京市朝阳区静安里26号通成达大厦3层 邮编：100028
法律顾问：陈鹰律师事务所
发 行 部：（010）82068999 传真：（010）82069000
网　　址：www.oveaschin.com
E-mail：oveaschin@sina.com

如发现印装质量问题，影响阅读，请与印刷厂联系调换。

目
录

目
录

开　始

离开家，离开女朋友,你才会觉得生命有多落寞。

从小到大，我们过的都是集体生活。

从未想过有一天，我们要独自面对这个世界。

很多年之后，我仍旧会想起那个下雨天，我一个人、一个箱子，来到大上海。

许文强砍人的地方。

阮玲玉拍电影的地方。

我失恋之后一个人来闯荡的地方。

魔都，东方巴黎，十里洋场，大上海。

去北京的叫“北漂”，那来上海的叫“海菜”吗？

作为万千“海菜”中的一棵，我拖着一个大拉杆箱，一脸悲壮地出现在上海虹桥国际机场。

在拥挤的人群中，我像是亿万水滴中的一滴，落在一条名叫上海的河流里。在这里，我要跑赢其他水滴，一头冲进名叫梦想的海洋里。

来上海以后的第一件事就是——租房子。

经过两个星期零三天的苦苦寻找，我终于找到一栋符合我全部诉求的老式公寓。我站在公寓楼下，仰望天空的时候，突然发现了这栋公寓的性别——

她俏生生地立在天空之下，带着一种饱经三十年苍凉月色之后的凄美。

她不年轻了，却有着徐娘半露酥胸的风韵……

这种气质无法遮掩，只有雌性才能散发。

这个世界上，每一栋房子都有性别。

她是女人。现在，我要入住了。

从此以后，这里，就是我即将生活和奋斗的地方。

这是一套简易的四室一厅，南北各有两间卧室。二十年前的老式装修，一厨一卫。

在我进入这栋雌性公寓之前，已经有三位姑娘住在这里了……

此时，我并没有意识到，三女一男的组合将会给我的生活带来多大的冲击……

搬进来，和三个女孩一起住，我想多少可以平息一下我那荷尔蒙般疯长的乡愁。

毕竟，比起和三个大老爷们儿同住在徐家汇，我宁愿和三个姑娘住到崇明去。

当然，还好，这公寓离我上班的地方不算远，而且租金也相对便宜。

房东是个与世无争的上海阿姨，姓张。

张阿姨对银行汇款、ATM机那一套完全信不过，房租一律是现金交易。

于是，在这栋房龄三十年的老式雌性公寓里，住下了三个女孩、一个男孩。

我的生活，毫无征兆地变成了动作片和情景喜剧。

第一章　一个女孩叫晶晶

在故事开始之前，容我隆重地介绍一下跟我合租的三个姑娘。

第一位出场人物，白晶晶，双鱼座。

一个女孩叫做晶晶，你大概可以知道她这辈子最大的爱好。

晶晶的男朋友叫亮亮，IT男，程序员。

亮亮一般周六下午过来，晶晶会先做饭，之后洗个澡，并且不会忘记洗两个苹果。

一切就绪之后，晶晶就会和亮亮关上主卧的门。

门代表着秘密，所有的门后面都藏着不为人知的私密。

这扇主卧的门当然也不例外。

卧室一旦关上门，就昭示着闲人免进。这也成为这栋公寓里约定俗成的规矩。每当这个时候，我和其他两位姑娘都会主动退避三舍，毕竟打扰一对阔别七天的情侣相聚是反人类的大罪。

亮亮晶晶战斗结束之后会一人叼着一个苹果，携手下楼去吃两碗麻辣烫。

整个战斗过程一般都是如此，这也渐渐成了这栋公寓的“惯例”，英文routine。

但是在一个周末，这种“惯例”却悄然地发生了变化。

这一切都是因为那个周六，我一大早跑到主卧阳台上晒被子造成的。

蝴蝶效应第一次以这种方式向我昭示它的存在。

那天下午，亮亮以满血状态出现在我们的公寓里。

小别胜新婚。两个人“砰”地关上了主卧的门，战斗打响。

时间悄然过去。

我在自己的房间里打“怪”升级，突然瞥见窗外一片阴云。我伸出头去，一滴雨水滴到我脸上。坏了，下雨了，我的被子！

我冲出房门，主卧的门仍然紧紧地关着。此时此刻，我遭遇到人生中的第一次重大抉择：我是敲门呢，还是不敲门？

敲门吧，破坏人家好事。要是我正在和女朋友做“室内运动”，有人突然敲门我会暴走的。

不敲门吧，我只有一床被子。我还打算结婚的时候换个双龙抢珠的大红被罩接着用呢。

于是，我深吸一口气，屏住呼吸，贴着门仔细倾听着主卧里的响动。

安静，死一般的安静，让人胡思乱想的极度安静。

我吸气，呼气，吸气，呼气，在将要爆炸之前，终于敲响了他们的门……

咚咚咚！

咚咚咚！

一秒钟、十秒钟、两分钟、三分钟过去了，卧室里仍旧没有任何动静。

“晶晶姐，亮亮同学。”

我试探着喊了两声，始终没有人回应。

哦！我突然想：是不是今天战争结束得早，他俩已经下楼吃事后麻辣烫了呢？

我越想越觉得合理，于是，我松了口气，轻轻推门进去……

然后……

然后……

然后……

我惊呆了。

时间瞬间冻结，如同科幻片里的静止场景。

空气里流动着一股诡异的咸湿气息。

十秒钟之后，我率先反应过来，屁滚尿流地杀到阳台取回被子，又冲回自己的房间，关上门，大口喘着气。

他俩是练瑜伽的吗？

晚上，我心惊胆战地睡下。

午夜十二点，双人床在唱歌。

这种经典体验，合租过的同学应该都有。

不知道是不是每张双人床上都装着环绕立体声的低音炮？

我深深地叹了一口气，辗转难眠。

我忍了，毕竟下午吓坏人家了。出来混，总是要还的。

良久，我刚要在双人床悠扬的歌声中睡着，门就被砸响了……

我心中一惊，心想：该不是要被灭口了吧？

要是在办事儿的时候被人看见，我也有想杀人灭口的冲动。

我本想装睡，可是敲门的节奏越来越快。

好吧！墨菲定律教导我们：恐惧容易招致恐惧。

于是，我深呼吸，开灯，起身去开门……

晶晶的男朋友——亮亮，一脸无辜地站在门口，穿着大短裤，赤膊，头发凌乱得非常有型。

我全身紧绷，做好瞬间后退反击的搏斗准备。

贴身格斗很重要的一条就是“势”。

爆发需要蓄势。

当我即将达到最大战斗数值的时候，亮亮却突然看着我笑了。

那个笑容，让我第一时间怀疑这家伙是双性恋。

毕竟，在现在这个时代，一切不合理的都在合理化。

直到他终于开口：“兄弟，有没有……多余的杜蕾斯。”

看着我额头上飞驰而下的三道黑线，他又憨憨地笑了笑，补充道：“都怪我储备不足，我都翻遍了，确实没有了。前线告急，借我一个？”

我张大了嘴，颤动着扁桃体，花了好久才弄明白，然后像被鬼附身似的回到房间翻箱倒柜，终于找出一个前女友时期留下来的纪念品。

我依依不舍地递给亮亮，他如获至宝，说了声 “谢谢”，便转身冲进主卧“砰”地关上了门。

就这样，那个封存着我和前女友甜蜜记忆的橡胶制品，被我莫名其妙地送给了我的合租室友。

当天晚上，我失眠了。

后来，我渐渐知道，亮亮和晶晶的邂逅，充分印证了六部分离法的神奇功效。

大家熟悉之后，亮亮不无陶醉地给我讲起过那个遥远的冬天的夜晚……

亮亮之所以能追到晶晶，是因为他会修电脑。

女孩对电脑这东西一般是没有什么概念的。这个时候，找一个会修电脑的男朋友就显得很有必要。在当年那场震惊中外的“艳照门”事件之后，男朋友不会修电脑的可怕之处，不用我多说了吧？！

那个晚上，晶晶在家看日剧的时候，电脑突然坏了。

晶晶气急败坏地打了一圈电话，最后，晶晶朋友的朋友的朋友——亮亮，就出现在晶晶的房间里了。

世界上任何两个人之间只隔着六个人。

晶晶和亮亮之间只隔了三个人。

缘分就是这么奇妙。

亮亮三下五除二，很快修好了晶晶的电脑。

晶晶看着这个会修电脑的男孩，一时间费洛蒙喷涌而出。

外面风呼啸而过。

两个人开始海聊。

话题从小清新一路聊到重口味。

晶晶从小时候在幼儿园被男同学扒裤子一路说到中学时暗恋教自己的物理老师。

亮亮说起当年泄露照片的电脑究竟是哪里坏了，顺便感谢了微软的回收站可回收设置。

天越来越黑了！

亮亮修好电脑之后，又帮晶晶做了一遍系统。

做完了系统，亮亮开始和晶晶做别的……

这个故事教会我们：如果你是男孩，有女孩半夜叫你去她家修电脑，一定要答应，一定要顺便弄坏她的系统。如果你是女孩，半夜电脑坏了，不是实在急用，就不要让男孩来你家帮你修电脑了。

亮亮晶晶之间，不知道是谁开发了谁？

鸡生蛋，还是蛋生鸡呢？这永远是一个哲学问题。

他们之间，说古典一点，是如鱼得水，说浪漫一点，是插头终于找到了插座。

两个人就像是吕不韦遇到了赵姬，纣王遇见了妲己，周幽王遇见了褒姒……

反正，从此以后，他们的夜晚变得特别美好和惹人羡慕。

听说，男女之间最初的爱情，都是建立在身体的相互吸引之上的。

爱情是各种激素的混合体。

亮亮先是爱上了晶晶的局部，随后才爱上了晶晶的全部。

亮亮遇上晶晶，就是世界上最伟大的“室内运动”遇上了世界上最好的两个运动员。

太有范儿了！

没有什么特殊情况的话，亮亮和晶晶只有在周末的时候才会在一起睡。

我很欣赏他们的爱情态度。

这样的有距离的相爱，最容易长久。

每一种爱都需要疆界。

亮亮周末来的时候，会给我们每个人买一杯薏仁红豆奶。

不能堵住我们的耳朵，亮亮只好堵住我们的嘴。

吃人家的嘴软。

我们纵容了口腹之欲，只好牺牲耳根清净。

第二章　单任务操作系统：美呆，美呆

接下来，我们认识一下第二位出场人物：李美呆。

《告白》之后，桥本爱就变成了美呆的化身。

美呆，顾名思义，又美又呆，娇小的矛盾综合体。

她有一条甜腻的声带以及一个脑存量只有几百兆的大脑。

美呆是单任务操作系统。

简单来说，所谓单任务操作系统，就是最早的486电脑。没有后台运行，每次能并且只能执行单个任务。如果同时开启多个任务，美呆就会出现“大脑蓝屏”。

在美呆“大脑蓝屏”的时间里，对周围所有的信号都实施屏蔽。

这个时候，只有让她单独待着，过一会儿，她就会自动实现热启动。然后，她会四下张望，特别无辜地问一句：“你刚才说啥？”

这个时候的美呆，像极了穿越剧里刚刚苏醒的女主角。

除了呆，美呆还有一个特点就是洗澡特别慢。

我不知道洗澡慢的人都在浴室里干什么？人体一共有206块骨骼，639块肌肉，就是全部展开清洗，也不需要两个小时这么久吧？

有一次，我兴高采烈地吃了一个西瓜，而美呆正在浴室里兴高采烈地洗澡。

开始的时候，浴室的水声听起来格外迷人。

没有什么比这个场景更惬意了：夏天一边吃西瓜，一边听着浴室里女孩洗澡的声音。

可是，随着时间越来越久，浴室里的水声变成了一种声波利尿素。

我开着门，夹紧双腿，探头探脑，等着盼着美呆从浴室里带着香气飘出来。

然而雾化玻璃背后，美呆以一种蜗牛的速度，不知是第几次地涂着香芬。

我在外面全身发抖，几乎要昏死过去。

我开始思考人类的终极问题：一分钟，到底有多长？

一个小时过去了……

在我已经失去行为能力之后，美呆终于穿着连衣裙开门出来。

注意，是连衣裙，不是浴袍。

我是说，美呆“只”穿着连衣裙出来。

那种丝绸质地的连衣裙。

美呆眨着眼睛，卖萌似的看着我，全身热气腾腾，像是一笼刚出炉的包子。

而我，忧愁地，好想上厕所。

第三章　火山熄灭了，狐狸出现了

第三位出场的女同学，我习惯叫她狐狸。

你一定听过小王子和狐狸的故事。

狐狸就是小王子遇到的那只敢爱敢恨的狐狸。

如果用产品来比喻狐狸，目前我能想到的，只有《我的机器人女友》中的女机器人可以勉强相比。

她拥有172CM的傲人身高和C-CUP，整个人就是一白富美，往那里一站，简直触目惊心。那种奢侈的弧度，神奇的曲线，让人不得不赞叹大自然的鬼斧神工。

当时我就知道了：上帝，一定是个宅男。

我承认，这栋公寓比同级别的房子每月贵了一百块。可是看房子那天，当狐狸踩着拖鞋从卫生间出来的时候，我瞬间就被秒杀了。

最是那一低头的娇羞，谁能视而不见那呼之欲出的温柔？

我当即给房东张阿姨交了定金，并且表示，我明天就搬过来，而且一年内，决不会搬家。

张阿姨摸摸我的头，说：“乖，老是搬家跟老换电话号码一样，不稳重。”

我心不在焉地点点头，看着狐狸走过之后，留在空气中似有似无的影像，闭上眼睛默念：“God is a couch potato.”

狐狸在猎头公司上班。

我很快就明白了，她的老板真是独具慧眼。

让这样的女孩做猎头，简直是英明之选。

不是有个理论说：二十几岁的女孩，什么事都能干成，只要这个世界还是由男人统治。

男人负责统治世界。

女人负责征服男人。

母系氏族其实一直就没有消亡过。

狐狸最喜欢回来给我们讲她上班的经历。

大意就是一只看起来纯洁无瑕的狐狸，如何在危机重重的原始森林中迎战各种豺狼虎豹。

狐狸很自信，似乎所有的难题到了她那里都会迎刃而解。你看着她，就觉得世界上没有什么了不起的事儿。

我被这种自信电到了！

而且，搬进去的第一天，我就断定，狐狸是没有男朋友的。

有男朋友的女人和单身女人，状态完全不一样，这个太明显了，一眼就能看出来。

除此之外，我还捡到了一张狐狸的上月话费清单。

我详细地研究了一下，发现账单上并没有高密度地出现同一个电话号码。

还有一次，我无意中听见狐狸在厕所里打电话，大致意思就是有人要给狐狸介绍男朋友，狐狸表示暂时不着急，一个人也挺好，她都习惯了……

所以，我更加确定了我的判断：狐狸不但没有男朋友，而且还是很久都没有男朋友了。

说到狐狸，就不得不提狐狸爸爸。

都说女儿是爸爸上辈子的情人。

这条理论听起来带着一种禁忌的美。

父女情比父子情似乎要更加纯粹和神秘。

狐狸家境不错，她爸对她非常体贴。体贴的表现之一，就是经常会给狐狸打电话，聊工作、谈人生、贬低一切追求狐狸的男孩……

狐狸说起她爸，一脸陶醉状。

女儿对父亲的感情，除了血缘之外，还带着一种女人对男人独有的崇拜。这种崇拜使得女孩会比较所有追求她的男生，是否跟她父亲对她一样好。

所以，要征服一个女人，有两条必经之路：一、讨好她妈；二、超越她爸。

除此之外，还有一件事情见证了父爱的伟大。

那就是狐狸还是一只少女狐狸的时候，第一次来例假，狐狸第一个通知的人不是她妈妈，而是她爸爸。

十三岁的狐狸上厕所，然后发现了马桶内壁上触目惊心的鲜血。

然后狐狸发出了一声响彻天地的悲鸣。

“爸——我要死了——”

然后狐狸爸爸叼着烟冲进厕所，看着泣不成声的狐狸，一时间不知道身在何处，也不知道下一步该做些什么。

按理说，儿子梦遗是父子话题。

女儿初潮绝对是母女话题啊！

可是，这个时候，狐狸妈妈并不在家。

说实话，作为男生，我们也能想象到，第一次看到自己流血是多么惊恐。狐狸爸爸努力安慰以为自己快死了的女儿，为了想一个合适的表达方式，绞尽了脑汁。

时间一分一秒地过去……

我们都是当爹的人，姑娘们，你们现在知道我们的压力有多大了吧？

狐狸爸爸终于开了口："女儿，这些呢，不是血，只是嘘嘘的一种。只不过呢，这个是红色的而已，一个月一次，很正常。你想想，嘘嘘对身体是没有什么伤害的，对不对？"

狐狸听到这里的时候，恍然大悟，登时止住了眼泪。原来是这么回事啊。

年幼无知的她，化身为知心姐姐，到处向学校里的女同学传教。

直到在一次生理卫生课上，被老师以违反科学常识的名义警告。

我听到这里，拍案叫绝：这是多么伟大的父爱啊！

第四章　我失恋了，两次

好了，三位姑娘终于到齐了。

接下来，该说说我自己了。

好吧！其实……我是一个演员。

哈哈，开玩笑。

其实，毕业之后，我——失——恋——了。

失恋对一个适龄男青年来讲，绝对不会是一件好事。

失恋就像是含泪饮红酒，酒入“豪”肠的时候毫无知觉，直到后劲发作起来，才觉得天昏地暗。

毕业之后，我们一起失恋。原来不是传说。

天底下，所有的失恋故事似乎都很俗气。

到今天，我已经第二次被姑娘甩了。

可能说“甩”这个字有点自我嘲讽，但除了“甩”，我想不到用什么其他更好的动词来形容。

承认吧！我又被甩了，第二次。

我的第一场恋爱，是当之无愧的初恋，那会儿牵牵手就可以兴奋一整天。

那年，在高中军训的第一天，看到她的第一眼，我瞬间被她的一双梨涡还有一头马尾击中了。

当时我想：我靠！这就是传说中的一见钟情吗？这种感觉就像是坐跳楼机从最高点直冲而下一样。

军训之后，我开始了轰轰烈烈的初恋。

我追了她大半年，过五关斩六将，送她礼物，送她回家，写了一抽屉情书。在那段时间，我几乎变成了诗人，对着她的铅笔盒都能写出两千字的聂鲁达式诗歌。

最终，她在一个冬天的夜晚接受了我的追求。

那时候，我第一次发现，原来女孩是如此美好的存在。在此之前，我一直认为，女孩上厕所带的纸巾是用来擦鞋的。

直到那时，我有了一个姑娘，连“苦逼”的高中生活都变得金光闪闪。

我们一起上自习，一起做作业。周末去她家做饭，拥抱，牵手，说很多没有意义的话。

她是一个男孩的初恋，性幻想对象，所有的一切。

早恋嘛，大家都懂的。

老师和家长像防贼一样防着刚刚知道情爱滋味的男孩女孩，好像他们的结合就违反人伦，大逆不道，好像少男少女只要拉拉手，就会怀孕生孩子。

我和初恋女友只能偷偷摸摸地约会。

下晚自习，老师们都会穿上夜行衣，拿着手电筒，满树林地搜寻正在做坏事的男孩女孩。

我和初恋女友也不能免俗，晚上一起在校园里轧操场，在化身四大名捕的老师们营造的紧张氛围里，弄得特别刺激。

第一个情人节，我准备好礼物，好不容易挨到下晚自习，我拉着初恋女友的手，在操场上赞美月亮，畅谈人生。

那是我第一次吻她。

在此之前，我从未亲过三岁以上的女孩。那个吻我至今仍记得，一想起来，还是会觉得嘴唇滚发烫。

就在我和初恋女友在黑暗里笨拙地接吻时，手电筒射出的光柱像探照灯一样射进来。一个男老师兴奋得浑身发抖，像终于逮到猎物的猎狗一样冲着我们飞奔而来。

早恋的学生，就是板上钉钉的坏孩子，一旦被抓住，学校就会通知家长，对小情侣痛加折磨。

初恋女友吓坏了，缩在我怀里瑟瑟发抖。

我拍拍她的腰，低头在她耳边低声说："别怕，有我呢。一会儿你别管我，先跑。"

初恋女友还没有反应过来，我一个箭步冲上去，一把抱住前来"打猎"的老师，回头喊："快跑！"

初恋女友愣了一会儿，终于反应过来，拔腿就跑。

我和"赏金猎人兼猎狗"的老师扭在一起……

后来学校说我打老师，行为恶劣，要求通知家长，并且要记过处分。

即便如此，轧马路这件事还是坚持了下来。就像你无法阻止青春期的男孩梦遗一样，谁也不能阻挡我约会我亲爱的姑娘。

我是住校生，而她家就在本市。

所以每天晚上我们轧完马路之后，她都会骑自行车回家。

有一天，她告诉我，她们班有个胖子晚上尾随她。

我气坏了，禽兽啊，竟敢跟贫道抢师太。

第二天，我在她的教室门外蹲点，瞧见了那个胖子。

胖子胖得跟熊一样，我目测良久，终于确认我一个人肯定打不过他。

但是不怕，我有哥们儿，我有宿舍里的兄弟。

兄弟们一听，纷纷表示甘愿赴汤蹈火，万死莫辞。

据线报，那胖子正在篮球场打篮球。

于是，我兴冲冲地领着人，起义军似的冲向篮球场，讨伐欺负我女朋友的死胖子。

当时的气势特别震撼，连我们头顶上的乌云都带着噼里啪啦的闪电。

篮球场周围有一圈铁栅栏，上面是尖的，每一根都像是起义军使用的长矛。

走在我旁边的是我们宿舍的老大，虎背熊腰，俯卧撑一气儿能做一百个的那种。平常没少借我漫画书，这次特别仗义，他指着操场里正在运球的胖子，转头问我："是不是那头猪？"

我点点头。

于是老大冷笑一声："他不要命了吗？敢抢我兄弟的女朋友？"

然后老大一手撑着铁栅栏作势要翻过去，姿势相当帅气。

不知道是铁栅栏太高，还是老大裆太肥，只听一声惨叫——

当他两腿叉开骑在长矛一样的铁栅栏上的时候，我身后的兄弟们都惊呆了……

老大捂着裆瘫软在地上，面如金纸。

胖子投篮命中，转过头来愕然地看着我们，看着躺在地上的老大，一脸懵懂。

我们慌了神，七手八脚地把老大送到学校的卫生室，医生说：

“睾丸淤血。”

于是，我那个月的生活费全部砸在他的淤血上，老大在床上躺了三天，下床上厕所都得我扶着。

什么叫出师不利，什么叫士气大减？那一天，我学到了军事理论的第一课。

一鼓作气，再而衰，三而竭。

可是我们第一鼓就竭了……

后来，虽然没有老大，但是架还是打了。

我无法容忍一个胖子晚上尾随我都舍不得碰的女朋友。

我们在操场上打成一团，几乎分不出敌友，我到处去找那个该死的胖子。

直到教导处主任和班主任领着一众老师冲过来，我也没找到他。

班主任绝望地看着我：“打老师，打学生，你挺能耐啊你。”

我低头不语。

我是主犯，学校说我教唆打群架，要记大过处分。

我爸被叫过来跟校团委吃了两次饭，我写了六份检查，被班主任以给班级丢脸的理由，罚站三天。

真想不通，老师怎么就知道叫家长啊？我都是成年人了，我有自主行为能力。有事儿冲我来啊，真是的！

我在办公室罚站，初恋女友偷偷给我送可乐。她看着我，泪眼盈盈的，然后偷偷地塞给我一条手机链，上面有两个字：勇气。

在那之前，我从来没觉得自己牛B过。

可是那天，我因为保护自己的姑娘而被恶势力罚站，我觉得自己伟大极了。

怪不得吴三桂那小子冲冠一怒为红颜呢！

女孩可倾国倾城，古人诚不欺我啊！

虽然我过了一把吴三桂的瘾，但也因为这件事，我和初恋女友的地下情彻底暴露了。

我被我妈训了三个小时，她被她爸勒令和我分开。

我不服软，傲然地跟我妈说："我喜欢她，一辈子的事儿，她就是你儿媳妇。你别管，高考我能考好。"

我爸忍住笑，拍拍我的肩膀，意思是老爸支持你。

我妈无奈，只得说："你别耽误了自己的成绩，也别耽误了人家姑娘的成绩，谈恋爱等高考完了再说。"

而她，终于抵受不住家长的压力，在星期一升国旗仪式结束后，通过我们御用的"小信鸽"向我传话："我想好好学习，我们不要再偷偷见面了。"

我想：女孩嘛，脸皮薄，听爸妈的话，分开就分开吧！

让她好好学习，等高考完了，神仙也拦不住我和她在一起。

三个月后，那天是六月六日，第二天就要高考。

我九点下了晚自习，想回去好好睡一觉，明天是高考的第一天，马到成功。

我下了楼，猛然看到她和一个男孩走在一起，男孩搂着她的肩膀，她给男孩拉背包的肩带。我靠，她的左肩曾经放的是我的手啊。

我当场石化，泪如雨下。

丫不是说要努力备考、不谈恋爱吗？

我没有追上去质问他们，我在原地站了一个小时，看着他们走远，直到消失不见。

我回到宿舍，觉得天塌下来了，一夜无眠。

第二天高考，我数学考砸了。出了考场，我绝望地哈哈大笑。

这下可好，初恋女友没了，理想中的大学也没了。

我被初恋女友折磨了四五年，直到上大学仍旧走不出她的影子。在校园里，看到所有穿裙子的人，我都会想到她。

我想，我这么爱她，她为什么还会离开我？

那个男孩那么穷矬丑，哪里比我强了？

这个问题我一直到今天都没有弄明白。

后来，有人跟我说："你如果对一个女孩太好了，好到那种她认为理所应当的地步，那么对方劈腿是迟早的事儿。"

我好像明白了。

同时也为自己找到道德上的支撑点。

哥做了吴三桂，可哥没做陈世美。

第二场恋爱迟迟没来。

我就像是等大姨妈迟迟不光顾的姑娘一样，又害怕又期盼。

上大学之后，所有人都像是发情一样到处谈恋爱，好像没有个女朋友你都不好意思跟别人打招呼。

我只好天天去上自习，整天泡图书馆。

我发誓，要把图书馆里从A到Z的书全部看完，连《种猪养殖技术》都不放过。

我从一个坏学生到学术型宅男的转变，就是在那个时候完成的。

我想：没有女朋友又不会死，晚上我还能拥书而眠呢。

我闷头苦学，第一年就拿到全校奖学金，要知道我整个高中生涯的成绩一直是在班级二十名开外。

突然得了第一让我有些不知所措。

班里女同学看我的眼神似乎也友善了一些。

“哎哟！这家伙不但能写点诗，连高数都能考90分，不简单啊！”

其实我最讨厌数学了，我恨不得穿越回去把拉格朗日那家伙干掉。

同时，女同学们也猜测：“哎，他是不是不喜欢女生啊？你看他从来都不跟女生约会的，这太不正常了。”

于是，我继续不正常着我的泡图书馆上自习之旅。

我要证明给世人看，没有女朋友其实也挺励志的。

直到她出现。

我习惯叫她小不点。

小不点是北京姑娘，外冷内热，对我好得好像我是她爸，她是我妈。

我开始对小不点特别防备，受了伤的野兽，不再相信猎物后面没有陷阱。

小不点看过我写的东西，嗤之以鼻：“你整天写这些酸不啦唧的东西，你以为你是徐志摩吗？”

我愕然，却不能辩解。

小不点恨铁不成钢地看着我说：“你要在一棵歪脖子树上吊死，我可以给你准备绳子。还有啊，谈恋爱就是单项选择题，你不能只知道选B，你面前还有A呢，你说你老跟B较什么劲啊。”

我木然点头：“我知道，就是，你别叫人家B选项。”

小不点吐吐舌头：“她难道不是B吗？就是，就是，就是！”

小不点说得对，上帝既然敲了你一闷棍，就得送你一根胡萝卜。

是的，我如果是驴，小不点就是我的胡萝卜。

她在我眼前晃悠，我就能跟着她跑。

一个周六的晚上，我跟她吃意式简餐，她捧着腮听我讲我小时候的糗事，并恰到好处地附和两句。

大多数男孩都希望找到一个愿意倾听自己心事的女孩，即便她只是在听，你却觉得好像和她交流了很多。

我的初恋如同小男孩千辛万苦建起来的沙雕，华而不实，一碰就倒。直到遇上小不点，我才知道，原来爱情不只是你对一个女孩好，爱情需要回应，需要相互照顾。在爱情里，女孩并不只是理所应当地接受男孩的好，女孩也会用自己妈妈一样的方式，对爱她的男孩好。

我跟她二十四小时黏在一起，我所有关于女孩子的幻想，都在她那里得到了证实。

初恋女友是青苹果，小不点却是熟透的石榴。

我生命中的很多第一次，都有她出场。

我第一次出远门旅行，她在。我晕车她帮我按摩穴位。

我第一次吃回转寿司，她帮我加芥末，逼我囫囵吞下去。

她几乎出席我大学期间的每一个转折点，她跟着我一起长大。

我们不疯魔不成活地一起度过了大学时光。

然后，那个六月，她的大姨妈和毕业典礼一起来了。

选择，又是选择。

从小到大，我都在选择。选择是早恋还是闷头苦学，选择文理分科，选择念哪所大学，选择考研还是工作，选择去北上广，还是小城市？不停地在ABCD中做着不可逆的选择题。原来，人生就是一系列的选择填空，只不过，一旦你选了一个，就必须放弃另一个。

而你所做出的每一次选择都或多或少地决定着你未来的人生走向。

这就是人生的精彩之处，却也是生命的残酷之处。

因为，选择本身是痛苦的。

但面对选择，我们只能迎头而上。

于是，她去巴黎留学，而我来上海工作。

这都是我们期盼已久的理想。

我陪她一起去考雅思，办签证；她陪我去买西装，陪我去面试。

她拿到签证那天，我拿到了生平第一份offer。

不知道是不是因为太年轻的关系，我们并没有意识到这次分开，可能意味着永远。

直到，真到了分开的时候。

送她去机场。

我在安检口哭得像个孩子。

我看着她一个小小的人，拖着一个大大的箱子，心里难过极了。

我忽然想：她这一走会不会就不会回来了呢？

如果她真的不回来了，我该怎么办？我该怎么活下去？

她远远地跟我挥手，紧咬着牙，我大声喊："早点回来啊！"

她说不出话，只是拼命地点头。

她拖着箱子，走得缓慢，一步三回头，可还是慢慢消失在我的视线里。

我的眼泪簌簌而下。

原来，我们一生中，都充满了漫长的离别……

回到家，我安慰自己：没事没事，她不就是去两年嘛，反正我

爱她，她也爱我，咱等呗，风里水里火里，咱趟呗！

法兰西第五共和国，东经2.2度，北纬48.52度。

在那里，大仲马生了小仲马，小仲马写出了《茶花女》，于连勾引了德瑞拉夫人。

是我亲手送走她，看着她坐的飞机消失在天际，离开我几千公里，从此隔着六小时时差，好像一千万光年的距离。

对异地恋持悲观态度的我，从此过上了异国恋的生活。

生活就是这么反讽。

她到法国之后，我们恨不得一天打24小时的电话。在电话里，聊得最多的就是你今天吃啥，我今天吃啥，好像食物是我们唯一关心的话题。

她不止一次地央求我去看她。

我说机票多贵呀，再说，我这刚工作也没有假期啊！

异国恋通过电话、QQ平安地进行了三个月。

其间，她找房子，搬家，过着拮据的生活。

我接到第一个项目，领导照顾，顺风顺水。

三个月之后，我收到了一封简短的邮件。

三年的感情，她只用了短短的一句话作为结束：

“对不起，我想我们的生活越来越远。我们分手吧！”

算上标点，只有二十二个字。我不得不怀疑她上辈子是电报员。

生活中是不存在天平的，你以为重逾千斤的东西，在她眼中却那样轻。

我深知，在一起需要理由，分手只需要个借口。

所有的分手理由都是借口，归根结底，无非你不爱我了，或者你不那么爱我了。

但是我还是不能免俗，我逼问原因，她只说了几句话，我便再也开不了口了。

她说："为什么你不在我身边呢？为什么我总是要一个人？如果有一个人突然出现，他可能不如你好，没有你贫，没有你会写文章，可是他就在我身边，能帮我搬家，能帮我修下水管，周末能陪我一起逛街，晚上能和我一起吃饭。我不想一个人，我也不想你一个人。"

全明白了。

我突然想：如果当初她没有去巴黎，如果当初我不来上海，我们就去北京做北漂，或许现在孩子都会打酱油了。

哈哈哈哈哈哈哈！

如果这样，如果那样，"如果"真是个好词儿，我特别讨厌"但是"。

只是可惜，生命中没有那么多"如果"，只有这许多的"但是"。

我不怪她，我本不应该让她离我这么远。我亲手把我深爱的女孩送出国门，让她一个人面对这么险恶的世界。一个人乘着拥挤的地铁，一个人穿梭在巴黎多雨的街道，一个人租住在只透出一小块天空的狭小阁楼里，一个人对抗着发烧，一个人征战着厨房，一个人吃简单的晚餐。在她最美好的年华里，我却不能陪着她。

或许，她并没有找到这样一个人，但是我知道，她比我更需要这样一个人。

此前，我也努力思考过异地恋的终极问题。

据说，是异地恋推动了人类文明的发展。

从飞鸽传书到facetime，异地恋的情侣们为了聊天不择手段。

可惜，我和她，终究没有成为推动人类文明发展的一员，我浑浑噩噩理所应当，而她中途离场了。

她没有错。

错的也许是我，也许是水晶般爱情背后真真切切的生活。

第五章　失恋是一种宗教仪式

我坐在窗边，看着飞鸟的翅膀仿佛划过云彩，我想当年安东尼就是那样在空中构思《小王子》的吧！我大口大口地喝水，大滴大滴地流泪，幻想着身在一万公里高空的残忍快感。

如果现在下雨了，雨水里就有哥的眼泪呀！这太酷了。我猛然醒悟，忙站起身，跑到厕所畅快淋漓地小便。

我想，我毕业了，来上海了，工作了，失恋了，大概新生活就要开始了。

虽然我很孤独。

村上春树说："孤独一人也没关系，只要能发自内心地爱着一个人，人生就会有救。哪怕不能和她生活在一起。"

可是，我仍旧惧怕这种孤独，我心中仍旧爱着这个姑娘，可是这个姑娘却已经不爱我了。

我想起《斯普特尼克恋人》里描写孤独的句子："为什么人们都必须孤独到如此地步呢？我思忖着，为什么非如此孤独不可呢？在这个世界上生息的芸芸众生无不在他人身上寻求着什么，结果我们却又如此孤立无助，这是为什么？这颗行星莫非是以人们的寂寥为养料来维持其运转的不成？”

或许真的是这样！

我还记得，遇上她之前，我从不孤独。

她离开之后，我就只差把孤独当晚饭了。

搬进公寓的第一个晚上，面对新环境新房子新室友，背诵着小不点简短的分手信，我的第一个反应是被拳王泰森打了鼻子，眼泪像是灭火的高速水枪。我对着电脑上小不点语笑嫣然的照片，开始救火，心里的火太大了，我要努力扑灭它。

我很少哭，可是那天晚上，我却特别需要大哭一场。即便哭起来显得很没出息，但我仍旧需要这样的发泄，我需要一场哭泣仪式来告别这段恋情。

我洗完澡，做好一切准备。

心相印两百抽的纸巾，十四寸的笔记本，还有那首催人泪下的《风居住的街道》。

我检查了每一个环节，拉好窗帘，插好耳机，关上门，然后端坐在电脑前。

心中特别酸楚。

不知道为什么，我竟把这次“男人哭吧哭吧不是罪”搞得像一个宗教仪式一样。

就差烧上三炷高香了。

真悲壮啊！

就在不久前，同样是这首歌，当时我旁边还躺着心爱的姑娘呢。

而如今，我却只能一个人听着这样悲伤的旋律，感觉世界末日也没什么可怕。我努力平复着自己的悲伤，说服自己，失去这个姑娘无非是掉几斤肉，听几十首情歌，没什么大不了。

热血澎湃，血脉贲张，音乐声也变得高亢起来。

我突然明白，为什么亨利·米勒这样喜欢写欲望。

他说：“我对生活的全部要求不外乎几本书、几场梦和几个女人。”

我欣赏他的态度。

当我们把这三种东西当做生活的全部，失去其中一种，都会深切体会到这种绝望。

绝望到底是什么呢？

它本来是一种没有形式的存在。

然而，这个晚上，我却感知到了绝望的形式。

绝望竟能如此具体，尤其是在失去了我心爱的女孩之后。

就在我要揪着自己的头发，鼻涕眼泪像山洪暴发，哭得像要英勇就义的时候，门被推开了。

晶晶一脸主人翁的表情出现在我的面前，手里端着五块切好的西瓜。

我竟然忘记锁门，而晶晶作为这套房子最早的房客，竟然没有敲门的习惯。

我算准了开始，却没有料到这个结局。

晶晶目瞪口呆地看着我，看着我红肿的眼睛，看着我脸上的眼泪。

我不知道当时我有没有击垮晶晶的世界观。

晶晶只是在门口眨着眼睛，石化了。

而我，由于过度惊吓，完全静止了，像是被施了魔法的小魔法师。

晶晶愣了好久，然后勉强挤出一个笑容，嗫嚅道：“这西瓜……是给你吃的。”

然后飞快地闪进来，把西瓜放到我的桌子上，随后飞也似的逃了。

就这样，我住进来的第一天，被女室友看到我像是一台喷水机一样地在喷眼泪。

我吃着西瓜，看着天花板，觉得这个世界残酷极了。

亲爱的，如果这是告别的话，我真的要和你告别了。

我曾经允诺过你的未来，答应和你一起建造的世界，都不能再继续了。

因为你爽约了。

因为我失去了你的爱。

这个晚上，就在这场诡异的仪式里，我和我最爱的姑娘说了再见。

夜里，我睡得格外香甜。

第二天早上，晶晶叼着牙刷在洗手间洗刷，望着我笑，指了指微波炉，含含糊糊地说：“微波炉里有一个剥开的粽子。”

我感激地笑笑。

我开始觉得，晶晶除了名字有意思之外，人也是挺有意思的。

至少，没有被那个场景吓到休克。这样的心理承受能力，绝非凡品。

我把粽子吃了，在此之前，我从来没觉得粽子这样好吃。

狐狸打着哈欠从厕所出来，趿着拖鞋，睡眼惺忪地跟我打了个招呼。

美呆房门紧闭，估计还在昏睡。

好一派和谐的景象！

虽然毕业至今，没有一件事是顺利的。

但是，至少，至少新生活以一种扑面而来的姿态迎接我了。

我走进厕所，坐在马桶上，马桶上还残留着狐狸的体温呢。

那一瞬间，我被新生活感动得泪流满面。

第六章　下辈子，让我做你的床单

上班了。

作为一个刚毕业的大学生，相当于刚入狱的菜鸟。

新兵和新囚犯都是要被熬鹰的。

Freshman是一个挺可怕的词。

其实在这个世界上，每一个团体都是一颗卵子。

这颗卵子似乎浑然天成，进入一个卵子的困难，可想而知。

新人想要真正进入，并且融入其中，并不是一件容易的事。

接下来，我要付出比别人更多的时间，才能为这颗卵子所接受。

新人就是这样，唯一比别人多的，就是热情和时间。

我一直有两个梦想。

一个是我女朋友，哦，对不起，现在已经是前女友了。

另一个就是我的工作。

我希望毕业之后，能不再像大学时一样，荒废光阴。

也就是说，到现在，我的梦想只剩下这一个了。

我已失无所失了。

不过还好，这是我喜欢的工作。

工作就是最好的止痛药。

我突然能理解，为什么世界上有那么多工作狂了。

上班的时候，我能忘掉一切。

什么失恋啊前女友啊，统统都不见了。

只要一进公司，感觉就像换了一个人。

特别有精力，特别有热情。

强烈建议HR多招聘失恋的同学做员工。

张小娴说：“离开一个男人要在他最得意的时候，这是一个女人所能做到的最大的悲悯。”

我毕业之后工作顺利，生活也算平顺。

唯独，我要一个人面对一个大城市。

身边，再也没有她陪伴。

于是，我特别写了一首诗给她。

《下辈子，让我做你的床单》

你说，我想我们不会再见了
我说，这辈子而已

你终究离开了我
或许你会找到一个不懂你的

又或许

你会找到一个比我还爱你的——

但我必须告诉你

你要找的是爱情

不是钻石

不是房子

不是电玩

这辈子，我没能好好爱你

下辈子，我决定——做你的——床单

我只希望

你仍旧习惯裸睡

12点之前回家

远离痛经

珍惜时间

我成为你的容器

承接你的眼泪、欢喜、委屈和习惯

我终究是爱你的

爱你的世界

爱你的身体

爱你卸妆之后的脸

你还记得我说的吧
爱一个人并不是很难
不过就是安静地——
等你上床、读书、关灯、做梦、酣眠

生命很短
除了我爱你
没有什么是不朽的
我只想
和你一起
周游世界，扯很多淡

所以
下辈子，让我做你的床单
直到——
玛雅人和世界说再见

我想纪念我的感情。

或许除了这首诗，我并没有太多值得夸耀的。

你看，这世界就是如此。

无论多么刻骨铭心的情感，只要用伤害加上时间，终有一天，都会淡去。

而这种情感淡去之后，你却并没有想象中的释然，反而愈发觉得自己可鄙。

我知道，我迟早会忘了她，甚至比预想中的还要早。

那些你珍视的东西，就这样，渐渐地，都被你遗忘了……

这才是失恋带给我的，最大的悲哀。

又或许，我能依靠这些回忆活下去，这些回忆会跟我一起长大，变老。

回忆的可怕之处，就像村上春树说的："有时候，昨天的事恍若去年的，而去年的事恍若昨天的。严重的时候，居然觉得明天的事仿佛昨天的。"

我揽镜自照，静下心来仔细拆分爱情。我突然惊恐地发现：

经济学上的产品生命周期，对于爱情似乎同样适用。

投入期，久旱逢甘霖，他乡遇故知。鲜衣怒马，春风得意，感谢生命，感谢国家。

成长期，你侬我侬，快意相逢。一颦一笑，倾国倾城。所有暴露出来的缺点都是美。

成熟期，油盐酱醋，车水马龙。在彼此面前放屁都不难堪，可是却失去了最开始那种神秘的美。对于彼此的身体，对于性情，不再有心跳感，从大手拉小手骤变为左手握右手。开始挑剔，开始索取，开始彼此中伤，开口下手不知轻重，求不得便怨憎会，悲哉六识，沉沦八苦。

衰退期，在一起成为羁绊，爱情成为鸡肋，一切归于平淡。从相看两不厌到多看一眼都讨厌。彼此忘却最初的相逢，我不爱你了，或者不再像以前一样爱你了……

烧完美好青春换一个老板。

烧完美好青春换一个老伴。

有一天下班之后，我回到家，去阳台拿我的白衬衣。

每个男人都有一件白衬衣。

我这件充满了回忆、沾过少女头发的衬衣，此刻，没有在阳台上的晾衣架上。

它躺在晾衣架正下方的一个红色脸盆里，脸盆里不知道是谁泡的牛仔裤，掉了好多颜色。

我的衬衣此刻就躺在这种蓝黑色的液体里，像是一个无助的少年绝望地看着我。

我的衬衣牺牲了，或许这真的代表着，我的爱情一去不返了。

相信你们一定也有惜物之情。

尤其是某些被赋予生命的物品。

当这些东西有一天不见了，坏掉了，就代表着我们该跟过去说再见了。

而我只是希望，某一天在某一个地方偶然遇到她。比如说在路上迎面相遇，或偶然坐在同一辆巴士上，我可以当做什么事都没发生，只是寒暄一声，打个招呼……

第七章　碰见所爱的人却心有余悸

合租一个月后，我们四个人，终于决定一起去吃一顿饭，然后去唱歌。

最后再去酒吧过个狂欢夜。

饭桌上，我们四个第一次看到穿戴整齐的彼此，都有些恍惚感。

晶晶是老大，自然永远是第一个说话的。

晶晶说："世界这么大，能住在一起，不容易。"

好吧，这话是我编的，晶晶不会说出这么文艺的话来的。

晶晶说："大家都别绷着了，都说说有什么要求和难言之隐吧。我先来，希望各位晚上洗澡和早上便便的时间，尽量控制在20分钟以内。不然再这样下去，我们的肾都会出问题。"

话音未落，狐狸说："如果我爸哪天来了，请大家在屋子里穿戴整齐一点。"

我说："希望三位姑娘多多关照。"

美呆一脸漠然，淡淡地说："我好饿啊。"

于是，我们开始吃饭。

因为是川菜，大家都吃得热火朝天。

不得不说，和三个姑娘一起挽着袖子吃川菜，确实很爽。

吃完饭，去唱歌。

我一直有个理论，那就是了解一个人的性格可以跟TA去KTV，尤其是女孩。

我们去唱歌的时候，再次印证了这个理论的相对准确性。

先说晶晶。晶晶的奔放有目共睹，所以她点的歌大多是《把妹》、《狗男女》、《男人如公狗》、《我爱台妹》这些有趣的口水歌。

哦，后来还唱了一首震惊全场的《西游记》女儿国插曲，具体名字我忘了，但有一句歌词，我印象特深刻。

晶晶唱的是：

“……悄悄问圣僧，女儿美不美……”

我当时才体会到，当年这句歌词包含着多少奇情怪恋啊！

美呆进了KTV就好像美少女变身一样，完全换了一个人。一改平日的呆，俨然是一个演唱会上的暖场歌手，小宇宙全面爆发，散发着一种谁上来跟我抢话筒谁死的霸气。

美呆又蹦又跳地唱了几首我从没听过的劲爆歌曲之后，我已经有些HOLD不住了。

好在就在我要昏过去的时候，狐狸接过了话筒。

跟美呆比，狐狸反倒文艺多了。

我一转头，看见一个狐狸版的王菲，一首《开到荼蘼》让狐狸唱得更像天籁。那种百无聊赖，那种心如死灰，那种游魂般飘浮飞扬的声线……

“心花怒放却开到荼蘼，一个一个一个人谁比谁美丽，一个一个一个人谁比谁甜蜜，又有什么了不起，每一个人碰见所爱的人却心有余悸。”

这个时候的狐狸实在太迷人了！

狐狸唱罢，把话筒递给我。

我接过来，突然不知道该唱啥。

经过一番深思熟虑，我终于点了一首《济公》。

我太喜欢这首歌了，音乐一响起来，我就忍不住要翩翩起舞。

“鞋儿破，帽儿破，身上的袈裟破。

“你笑我，他笑我，一把扇儿破。”

我一脸陶醉地献唱，轻轻回过头，三位姑娘目瞪口呆地看着我，晶晶嘴里还流出了啤酒。

我又点了陈小春的歌。

真不知道这个感情这么幸福的家伙，怎么能唱出这么多悲伤的情歌。

他的每一首歌，都是人间惨剧。

《她的妈妈不爱我》，听这歌名，就知道这是父母不同意他们在一起。

《我爱的人》。

“我爱的人，不是我的爱人，她心里每一寸，都属于另一个人。”

听听，听听，听听。

《我没那种命》、《神啊救救我吧》就更不用说了。

唱完歌之后，大家都有些大脑缺氧。

但是，如果不去酒吧，如何对此良夜？

酒吧，你们都知道的，凌晨两点以后基本上属于另外一个平行世界，里面藏着这个城市寂寞的灵魂。

去酒吧的目的各有不同，有人只是为了消遣，有人为了被消遣，有人只是想在一个吵闹的环境里强迫自己安静下来。

还有人带着姑娘去，迫切地想知道她们喝酒之后的真面目。

那就是我。

带着三个姑娘去酒吧，其实是一件很危险的事。

首先，我不应该再去和别的姑娘搭讪。

其次，我如果对她们做了失态的事，回家的时候可能会遭到各种非人的待遇。

第三，如果有人搭讪她们，我是管还是不管啊？

我很忧虑。

我们要了个小卡座。

围坐，喝酒。

开始时只是看别人跳舞。

晶晶突然提议，不如我们做个国王游戏吧！

我承认我一直对国王游戏有好感。

因为这一定是个男人发明的游戏。

在这个游戏里，无论你想出什么方法吃姑娘豆腐都是合情合理的。

我们抽号，然后排列组合。

你们可以想象，三女一男，那我被抽中的比例是多么高啊。

我低估了她们的尺度。

抽到我和晶晶，惩罚方式是，我带着晶晶去找一个姑娘搭讪。

晶晶弄乱头发，媚眼一翻，大义凛然地看着我，说："走吧！"

我双腿发抖，带着晶晶巡视一圈，找到一个看起来比较老实的学生妹妹，带着十二万分的勇气走过去，晶晶事不关己地跟在后面。

我来到那女孩面前，全身发抖，女孩戒备地看着我，眨着无辜的大眼睛。

我大脑突然一片空白，直到晶晶捅我。

我结结巴巴地说："嗨……同学……这位姑娘是我的……我的……小猫咪，你……你愿意……愿意和她一样……变……变成我的……小猫咪吗？"

晶晶配合地做小猫依人状。

那女孩脸色由红变白，又由白变紫，最后面无表情地甩了一句："妈的，变态！"然后转身离去。

我几乎瘫倒在地上："晶晶，你快扶我一把，我要昏过去了。"

晶晶说："这叫突破自我！你懂不懂？"

我说："晶晶，你也这么玩你男朋友吗？"

晶晶哈哈大笑。

玩累了，终于要到舞池里跳舞了。

我学过交际舞，但是对伦巴桑巴什么的一窍不通。

但和姑娘们跳舞，这件事本身就已经很有技术含量了。

我们四个人，一拥而上。

在灯光、酒精和音乐的作用下，每个人看起来都比平常要高兴。

跳着跳着，我突然觉得，这真的好像是一场梦啊！

好像昨天我还因为借橡皮的时候，碰了一下初恋女友的手而兴奋了一整天。

好像前天我还因为偷偷喜欢的女孩和别人一起散步，难过了一整晚。

那些以为亲吻就会怀孕的日子，再也没有了。

那些我曾经最珍视的青春，再也没有了。

我抱着晶晶，我抱着美呆，我抱着狐狸，我抱着不知道是谁，反正就是一直在跳。

最后在我怀里的，还是狐狸。

狐狸累了，倒在我的肩膀上。

我们跳得越来越慢，两个人离得越来越近，我能感受到狐狸的呼吸和心跳。

注意，是心跳。

我们抱得太紧了，以至两个人都大汗淋漓，可是却没有人要先松开。

我说："狐狸，你知道吗？你的胸天生给人以距离感。"

狐狸笑，说："所以你每次见到我，都拿东西指着我啊。"

我目瞪口呆。

自从小不点去法国之后，我们已经有很久没有见过了。

这些日子，除了电脑里名字是四个字的女孩，我再也没有碰过别的女生。

直到现在，狐狸在我怀里，贴着我的胸口。

我抱着她，很紧，突然间悲从中来。

我的女孩，她很快就要这样被别人抱着了。

而我，现在也抱着别的女孩。

生活永远都在以你意想不到的姿态进行着、发展着。

逃不开，躲不过，我们只能慢慢适应，慢慢习惯，慢慢喜欢。

我抱着狐狸，闭上眼睛，音乐似乎不那么吵了。

灯光仍旧在闪，酒吧外面，天蒙蒙亮了……

第八章　开房就不能只看电视吗

我们玩了一整夜。

回去的时候，大家都累坏了。

狐狸一上出租车就睡着了。

美呆和晶晶在有一句没一句地说话。

我抵挡不住汹涌而来的睡意，脸贴在车窗上呼呼大睡。

不知道过了多久，我被出租车师傅带着疲倦的上海话喊醒。

三位姑娘以一种横七竖八的姿态，睡在后座上。

我急忙付了钱，把三个昏睡的女人逐个拖下出租车，和师傅说抱歉。

师傅看着我，眼神复杂。

一个男人带着三个女人在凌晨五点回家，看起来很奇怪吗？

我们好不容易爬到小区楼下。

三个姑娘盯着我，让我开门，我翻遍全身，没有钥匙！

晶晶翻遍全身，没有钥匙！

狐狸翻遍全身，没有钥匙！

美呆——从来没有带钥匙的习惯。

“杯具”了……

我们都累坏了，考虑到短时间内不可能顺利地回到家。

于是，晶晶提议：“没事，旁边就是酒店啊！我们去弄两张床，先睡觉，有事儿明天再说。”

狐狸赞成，美呆已经困得精神不太正常了，开始流口水。

于是我只好拖着她们，去酒店弄两张床。

还好有值班的前台。

我跑过去办手续，睡眼惺忪的前台姑娘狐疑地看着我，执意要所有人的身份证。

无奈，为了避免睡到中途警察破门而入，我们只好各自出示了有效证件。

看着大家的身份证，不得不说，我们曾经都年轻过啊！身份证上的照片看起来清纯得像是岩井俊二电影里的男女主角。

而现在，我们四个人，女孩妆花了，男孩一脸胡楂，睡眼惺忪地等在酒店前台办入住手续。

时间真是一把杀猪刀。

家庭房，两张大床，足够睡了。

在我去厕所的空当，晶晶和美呆已经抱在一起昏睡过去。

另一张床上，狐狸以一种狗皮膏药的姿势贴在床上，微微露出事业线。

我小心翼翼地把狐狸整理成一个淑女的睡态，然后闪电般地躺到边上去。

世界终于安静了。

狐狸的头发里还有种混杂着烟酒味的发香，闻起来特别暧昧和不真实。

旁边睡着172CM、C-CUP的女孩，可是我却睡过去了……

很多年之后，我想起这个凌晨，总觉得人生有时候，确实是会被彩蛋砸到的。

晶晶打呼噜，美呆流口水，狐狸做梦打跆拳道。

睡到中途，我突然惊醒，睁开眼，迷迷糊糊地。我猛然发现，狐狸突然不是狐狸了。

狐狸突然变成了一条蛇，而我变成了一根柳树桩子。

我还穿着牛仔裤呢，而狐狸不知道什么时候已经蹬掉了裤子。

我想把这条蛇从我身上推下来，可是又怕弄醒她。

可是，因为喝了太多酒的缘故，我的小腹完全不理解我此刻的深情。

最终我成功地跳下了床，冲进厕所。

我坐在马桶上，又一次开始思考人生，脑海中也在天人交战。

这个时候，一面是雄性生殖的基因诉求，一面是担心自己此后会被告强奸的顾虑。

为什么要让我面对这种变态的选择题呢？

我拒绝回答。

半个小时后，我回到了床上。

此时，狐狸已经把被子踢到了地上，美腿上带着一股魅惑。我不禁感叹，狐狸是怎样保持这么好的身材的啊！还有，狐狸确实偏爱黑色的内衣啊！还有，原来有些时候，主导男人思想的，真的是下半身啊！

我看了看另外一张床，晶晶正在用一种哺乳的姿势抱着美呆，两个人睡得我自横刀。

我想如果我现在把狐狸怎么样了，无非有两种结果：

第一，狐狸跟我成为情侣，从此住在一起，省下一半房租。

第二，狐狸告我乘人之危。

我不想当一个罪犯，而且对第一种结果也殊无把握。

我长长地叹了一口气，罢了，罢了。

我又一次冲进了厕所，冲了一个凉水澡，强迫自己冷静。乘人之危，可能会害人害己啊！

洗完澡，我拿了一个枕头，就在狐狸睡的那张床旁边的地上，一百万分不情愿地躺下，再也没有睡着……

美好的一天又过去了。

不确定的是，狐狸有没有发现我的异样？

确定的是，至少我们四个人，算是正式认识了。

有人说，有一天你知道了你朋友的糗事，那么你们就真的成为好朋友了。

第九章　每个小王子心中都住着一只狐狸

第二天晚上，我开着电脑噼里啪啦地敲着键盘，像愤怒的小鸟一样，在写一个都市爱情故事。

你看，诸多幸福到死的爱情故事，都是由失恋的可怜虫写出来的。

世界是不是显得很诡异啊？

主卧里，晶晶像被诅咒的幽魂一样，一到晚上就会开始唱歌，从王心凌一路唱到孙燕姿。

我们听得心如刀绞。

过了一会儿，晶晶的歌声，终于影响了闭门不出的狐狸。

我开着门，然后看到狐狸的门也打开了。

狐狸从里面款款地走出来，穿着萌死人的粉色短袖T恤，牛仔小短裤。

她走过来，站在我的房间门口，俏生生地看着我，面若桃花，却不说话。

我现在已经有了阴影，她们三个人无论是谁站在我的门口，我都会觉得心中一阵抽紧。

你说不定就踩到谁的尾巴了。每个女人都有九条尾巴，三个女人就有二十七条尾巴，你踩到任何一条的后果都是特别严重的。

我看了一眼狐狸，正要开口，狐狸突然说了一句让我良久都没有反应过来的话。

狐狸说："小正太，你有……那个吗？"

"哪、哪个？"我吓死了，大晚上的，一个单身女孩跑到我房间来要"那个"，可是这个"那个"究竟是哪个呢？

"哎呀！"狐狸娇嗔，"就是那个啊！"

我挺了挺腰板，对狐狸说："亲爱的姑娘，你说的那个，我真的不知道是什么？"

狐狸无奈地叹了一口气："好吧，我说的是……你们叫什么？哦……动作片？"

我恍然，心中微微一笑。但是这么好的机会，我决定装傻。

"我有啊，杰森•斯坦森的你看吗？《死亡飞车》，飞车特技，特别刺激，就跟看4D电影似的。"

狐狸看着我，好像看穿了我在撒谎。我竟然被她看得心虚。

但是这样的谎话，狐狸又无法当场戳穿，她只好再补充了一句："好吧，我说的是爱情动作片，就是有爱情有动作的那种。"狐狸的声音低沉到我几乎听不见。

这可不像是狐狸的风格啊！

这个瞬间，我脑海中想到了更多。我是说我有呢？还是说我没有呢？这绝对是一个生死攸关的问题。

要是我说有，狐狸会不会觉得我是个宅男加流氓，从此就永远跟我保持20CM以上的距离了呢？

我要是说没有，万一狐狸只是把找隔壁要电影作为搭讪的借口呢？

我愣了半天，再一次天人交战。

狐狸却等急了，而晶晶的歌声依旧若有若无时断时续地传出来。

好吧，我承认气氛很重要。

我相信，有晶晶发出的这种惊天地泣鬼神的歌声，即便是狐狸要求把我的臂力棒给她，也是合情合理的。

我说：“我有。”

狐狸飞快地递给我一个U盘，喜上眉梢：“我就知道你有！”

我接过来，在硬盘里翻着我搜刮来的各种资料片、科教片，其中包括海洋环境、大国崛起、探索发现和水产养殖。

最终，在摇杆驱动程序分类目录下，找到了狐狸想要的。

我在想：我应该拷给狐狸哪种尺度的呢？

这个时候，我犯了选择困难症。狐狸站在门口，不耐烦地催促我。

我嘿嘿一笑，突然胆子大了起来，我决定——调戏一下狐狸。

我承认，要是没有晶晶如此惨绝人寰的歌声，我是没有胆子说这样的话的。

我说：“狐狸，如果你家着火了……”

“你家才着火了呢！”狐狸毫不示弱。

“我是说假如，假如！假如你家着火了，你是去村后头的井里挑水救火呢，还是就用你邻居家的水桶救火？”

狐狸不疑有诈：“那果断用邻居家的水啊，远水救不了近火啊！”

我点头称是，一笑：“明智之举。”

狐狸反应过来，呸了我一声：“快点，拷好了没有？”

我说：“没呢没呢，哪有这么快？”

在动作片从我的电脑进入狐狸的U盘这几分钟里，我和狐狸简短地聊了聊。

这真是一场令人意犹未尽的谈话。

伴随着晶晶嘶哑的歌声。

狐狸——无论从哪个角度看，都是一个美女。

美女这种动物，甚至是独立于男女之外的——第三种生物。

她们随便往哪里一站，不用开口，全身都在说话，而且她们所说的话很少有男人能拒绝。可是这究竟是为什么呢？凭什么女人长得好看点，就那么受优待？所有人都得贱兮兮地宠着哄着还乐此不疲？

正在我胡思乱想的时候，提示音响了，我心里一阵失落。鼓了半天勇气，我终于问出了我生平最漂亮的一个问题：

“狐狸，我能和你一起看吗？”

说完，我连忙做纯真状，就好像小朋友要和大姐姐一起看《大头儿子小头爸爸》一样。

狐狸先是愣了一会儿，抿了抿嘴唇，然后深呼吸了几口气。

最后说：“那好吧，来我房间看吧！”

我心里像是正在进行核爆炸一样，几乎就要兴奋得昏死过去了。

还有什么比一个女孩在半夜邀请你一同看电影更让人兴奋的呢？

虽然邀约是我提出的，可是先提到爱情动作片的是狐狸啊！

我第一次踏进狐狸的房间，像是踏入妖媚环生的幻象宫殿里一样。

狐狸的房间充满一片霸气的粉色，太炫目了。

你们别以为霸气和粉色不能调和。

狐狸那张床，让所有见到的人都想直接躺上去。

我瞬间想起了那句古诗：“花径不曾缘客扫，蓬门今始为君开。”

哇，好美！

女孩子的房间也不知道怎么搞的，总是特别香，为什么女孩的房间就能散发出这种独一无二的香味呢？而且那种香味竟然有种我童年熟悉的味道。就是那种类似肥皂味的香气，刚洗过的衣服经过阳光的“漂洗”之后，香气很淡，却留香很久。

狐狸的床是粉色的，被子也是粉色的，墙纸还是粉色的。

我心里确实有些困惑，像狐狸这样强悍的女孩，为什么会是粉色控呢？

不过也对，女人再怎么强悍，她也是女人啊！女人嘛，总是喜欢什么花儿啊猫啊啥的。

我觉得自己的脸在发烧，这也太没出息了。

狐狸指了指书桌上的笔记本。丫的，连笔记本都是粉红色的。

我拿着U盘颤巍巍地插进狐狸的笔记本里。

插了几次都没有插进去，汗水涔涔而下，这难道是什么预言吗？

终于打开文件夹，我回过头问狐狸：“要、要先看哪部？”

狐狸愣了愣，想了想说：“随便吧。”

我打开了一个播放文件，狐狸转身去关了灯，房间里顿时陷入黑暗。我紧张极了。

狐狸聚精会神地看电影，我聚精会神地看狐狸。这种在半夜里亲近地凝视，确实能发现一些白天所不能发现的美。

这个时候，我感觉自己特别像是天堂电影院里的电影放映员。要给我亲爱的观众，放映阳光一样影响他们人生的电影胶片。

电脑屏幕发出蓝荧荧的光，照着我和狐狸一前一后的脸。

不知道为什么，这个时候，我特别希望播放的是一部感人的文艺片。

曾经多少时候，我就是这样和我喜欢的女孩一起关了灯看电影的。

我有一种恍惚感，似乎此刻坐在我身边的不是狐狸，而是小不点。

狐狸的脸在电脑屏幕闪烁的光里，显得特别恍惚。

我突然想：假如说，我是说假如，狐狸就是我的女朋友，好像生活会美好很多吧！我一直在上海横冲直撞，或许真的错过了很多风景。也许我应该停下来，遇见一些别的人，做一些别的事，比如和好看的姑娘一起看看午夜电影什么的。

我保持了一种退伍军人的坐姿，尽管黑着灯，可是我还是能感受到狐狸发烫的脸。

我想在这种尴尬的沉默里，什么事也不可能发生。

于是我决定打破这种沉默。

于是有了以下的对话：

“好看吗？”

“还行。”

“这个姿势……你接受吗？”

“这个腰会断掉的吧？”

“那这个呢？”

“这个……这个勉强可以吧！”

“这个呢？”

狐狸突然笑了：“这个啊，这个我老觉得像是两只鸭嘴兽……哈哈！”

突然之间，好像电影里的剧情不是那么诱人了。

那些纯粹刺激感官的动作场面似乎也突然失去了功能。

我现在只想和狐狸你攻我守地说说话：

“你是杭州人吗，狐狸？”

狐狸说：“嗯，你呢？”

“我是山东人。”

“山东大汉啊？”

“是呀。”

“哎……我听说情侣绕着西湖走一圈就不会分手了，是真的吗？”

“这可不好说。有缘分的人就是绕着硬币走一圈也不会分手，没缘分的呢，就是绕了地球一圈也还是会broken out的。”

“说得也是。这么说，你不怎么相信爱情了？”

“相信啊，我只是不太相信下半身主导上半身的物种。”

“我也不相信一个月流一次血还不死的物种，比火山危险，比天气善变。”

“大部分是男人抛弃女人好不好？男人就是打猎的穴居动物，即便眼前这个洞穴再好，他们还是希望找到更多的洞穴。草长莺飞，流水湍湍嘛。”

我嗤之以鼻：“照这么说，女人还都是停车位呢，有时候让宝马X5进来，有时候让悍马进来，极少数情况下，也会让大巴进来，可是你见过停车位里停自行车吗？”

对话就这样继续，我希望这部电影永远不会结束。

我和狐狸就在这样的氛围里，有一搭没一搭地说着话。

晶晶的房间里已经没有声息了，估计是练完歌睡着了，美呆不知道在干吗。

我们两个偷偷摸摸地躲在房间里说着话。

我的屁股终于从凳子上移到床上了。狐狸的床真是软啊，就像狐狸的脸蛋儿一样软。

“你工作的时候会色诱你要挖掘的target吗？”我傻乎乎地问。

“看情况吧！有时候有些人就认这个，你咋办呢？”

“哦！”我不知道为什么，竟然有点小不爽。

狐狸笑笑，接着说：“不过反正看看又不会掉块肉。”

谈话在友好团结的氛围里进行，与会双方都对现在的生活发表了意见。

狐狸对自己的感情史却始终避而不谈，我想这也许是她的伤口吧。

每个人都有一个伤口，自己不敢碰，也不想让别人碰。

我突然想张开双臂抱住狐狸，不为别的，就为了这些伤口。就让这两个伤口贴近一次，完全没有防备地贴近一次。

或许，在感情里，伤口对着伤口，就可以互相止血。

我希望自己和狐狸都能早日康复。

我鼓起勇气，一鼓作气，再而衰，三而竭……

狐狸就像是待抓的小鸡一样，瑟缩着肩膀，显得特别无辜。

我咬咬牙，还是张开双手抱住了她。

没有了酒吧那种让人突破自我的氛围，狐狸竟然在我怀里瑟瑟发抖。

我特别笨拙地抱着她，就好像抱着一块即将融化的冰。

狐狸突然间开始泪水淋漓，她竟然哭了。

从流眼泪，到抽泣，再到呜咽，最后哭得耸着肩膀。

我不知道狐狸为什么哭，我只知道这个时候，电影里的对话都成了文艺片里悲伤的配乐，极度催人泪下。

我没有问狐狸为什么哭。

一个女人，尤其是一个漂亮的女人，她可以没有任何原因地大哭一场。

这个时候，你要做的只是抱紧她。然后，记住，手不要乱动。

抱着狐狸，我突然有了一种聊斋里苦读书生的感觉。

书生夜宿古庙，半夜温书念诗之际，突然有人叩门。开门一看，乃二八姝丽，真绝色也。女子表示听闻了书生的诗句，十分仰慕，愿荐枕席……

狐狸身上一直有一种魅惑人心的气质。可是这个晚上，她只是一个想哭却找不到肩膀的小女孩。

这让我觉得，如果我对她做了什么，我就是一个焚琴煮鹤的禽兽。

就像你不会在女孩来大姨妈的时候跟她上床一样。

你心疼这个人，你就会知道，你不应该在某些时候伤害她。

这个晚上我并没有和狐狸发生什么。

但是，我原本坚硬的良心突然变得无比柔软。热血褪去，我还能记得抱着一个人的时候，那种充实感，就好像……就好像世界并没有抛弃你。至少还有一个人，愿意让你抱着。

狐狸身上那种肥皂味像是冬天里从河对岸吹过来，经过河冰的风，特别凛冽，又让你特别想要抱紧她。

终于，她也开始回应我。

她抱住我，双臂收紧，我们能感受到两个人的心跳。

这个时候，我突然很确信，狐狸一定是个有故事的人，而且她的故事恐怕要比我的悲伤许多。

我抱着她，因为粉色T恤里面全是没有掺水的实际性内容，所以让我觉得，跟狐狸贴得特别近。

时间都静止下来吧！

我希望就这样安安静静地等待着狐狸心甘情愿地打开她的门，请我进去坐坐，聊聊天，喝杯茶。

狐狸心里的门还没有打开，狐狸房间的门却突然被打开了。

美呆叼着牙刷，非常无辜地站在门口。

不知道为什么，浑身上下竟然散发出一股正室范儿。

我和狐狸下意识地松开，一时间我竟然有种“美呆就是我女朋友”的奇怪的恍惚感，而美呆，现在就是前来捉拿奸夫淫妇的。

美呆发疯似的冲上来，给了狐狸一巴掌。

泪眼盈盈地大喊：“你个小浪蹄子，你们两个狗男女，怎么能背着我干出这种丧尽天良的事情呢？”

美呆声泪俱下，浑身散发出已经被抛弃的原配夫人的沉重悲哀。

……

好吧，这一段是我YY的。

其实美呆嘴里流淌着白色的牙膏沫，然后特别正义地看了我们一眼，转身把门关上。

我跟狐狸目瞪口呆。

有个成语怎么说的来着？三人成虎。美呆就是这三个人中的一个。

可是我没干啊！

我这辈子从来没有这么纯情过啊。

可是，要是我是美呆的话，我也不会相信，这样一个夜晚，这样的两个人，竟然什么也没干？

狐狸转过头，一脸事不关己地看着我。我转过头，却不知道该看谁。

美呆，你千万不要乱说话啊！

第十章 大规模杀伤武器：前女友的午夜电话

就在我不知道要和狐狸说什么的时候，我的手机响了。

这个时间，除了美呆偶尔没带钥匙，晶晶让我帮她带吃的上来，我的手机一般是不会响的。这就是没有女朋友的最显著的特征。

我一看手机屏幕，来电显示的名字让我心中一紧。

相信你们也有这样的感觉，总有一个名字会让我们心中一紧的。

前女友来电。

这个世界上，有两样东西是最可怕的：

第一，前男友的电脑硬盘。

第二，前女友的午夜电话。

据说这两样东西的致死率是最高的。

狐狸默默起身去开灯。

我犹豫着接听，狐狸微笑地看着我。

“喂……”

我声音发着颤。

她的声音从28335.87公里外的陌生国度传来。东经2.2度，北纬

48.52度，这个陌生的国家，却夺走了我的女人。我真想和拿破仑单挑。

“喂，在干吗？”

她的声音一路漂洋过海，就那么短暂的一句话，我似乎从中嗅到了太平洋、红海、苏伊士运河、地中海、直布罗陀海峡、大西洋的气味。

这个把青春献给我的女孩，让我很多年之后和别的女孩亲近的刹那，总是觉得自己是在做对不起她的事情。

也许这就是所谓的失恋后遗症吧！

“没、没干吗。”我突然一阵心虚，觉得两眼放空，身子也在发抖。她已经好几个月没有给我打电话了。

“没事，我就是突然想打个电话给你。”

我似乎还能感受到她藏在信号波里的体温。

“嗯，你……还好吧？”

“挺好的，你呢？”

已经分手的情侣之间，还能说什么呢？无非是这些问候寒暄的话。

就在我酝酿着如何继续这样对话的时候。

一阵暧昧的音乐突然窜出来，我太熟悉这种声音了，这就是戏剧高潮前期的红色预警啊！

我惊恐地侧过脸，狐狸正一脸无辜地拉动着暴风影音上的进度条。

我拿着电话，一时间竟然不会动了，脸上绿得几乎要滴下油漆来。

然后，狐狸一脸媚笑地看着我，站起身朝我走过来。

我当场石化。

电话那端，也是可怕的沉默。

女人的敏感胜过一切尖端的传感器，她们的感知能力永远无可匹敌。

狐狸的双手搭上我的肩膀，我全身通电，然后狐狸特别温柔地对着话筒说：

“o ba sa rang hai yao，你再不去放水，我就先去洗澡了啊。”

我惊恐地看着狐狸，张大了嘴巴。

电话里，她沉默了两分钟，然后镇定地跟我说了一句：“你有事……先忙吧！注意……卫生。”

然后电话里传出忙音。

我有预感，恐怕这是我与小不点通的最后一次电话了。

我面无表情地看着狐狸，她嘟着嘴，耸着肩，好像她说的那句“o ba sa rang hai yao”是真的，“我先去洗澡”也是真的。

我心如死灰地回到房间，关上门，如果说这是注定的话，我只有认了。

虽然有一点无厘头，但毕竟，我还是很有面子的。这样结束总比在电话里听到一个男人的声音说“come on baby”要欢喜得多。

狐狸，就这样，告诉了我一个铁的事实。

有些事情，过去了就过去了，不管当初是多么刻骨铭心。

即使你为了前女友挂印封金，她也不会为了你守身如玉。我宁愿小不点以为，我确实是在和别的女孩做着曾经和她做的事情。

我和她一样，在陌生的城市谋生，亦谋爱。

再见了，即使是以这样惨烈的方式。

晚上，我竟然没有失眠。

狐狸的门还是关上了。

我不知道她有没有继续看电影，也不知道她这样做是不是仅仅出于伟大的人文关怀。

我哭了。

男人只有两种眼泪：一种是弄湿床单的，一种是弄湿枕头的。

我突然觉得，这次我是彻底失去我的前女友了。即便人不可能两次踏进同一条河流，但是这天晚上，我深刻地感觉到，我第二次，彻底地失去了她。

当天晚上，我做了一个影响我一生的决定。

我决定送给狐狸一个——剃须刀。

送剃须刀给女生，恐怕还没有人试过。

既然如此，既然前女友就这样一去不复返了。

那，我就开始追求狐狸吧！

神哪，请让我活出我的幸福来吧！

我对着天花板许愿。

并且决定制订周密的追求计划！

再狡猾的狐狸也斗不过猎人的陷阱。狐狸，我放马过来了，你准备好接招了吗？

第十一章　农村包围城市，美呆包围狐狸

我追求狐狸计划的第一步就是——请美呆吃晚饭，然后陪着她去逛恒隆广场。

我必须要挽回狐狸的名誉，即便用扁平足陪着天然呆去逛什么也买不起的商场。

第二天下午，我打电话给美呆：

“喂，美呆啊，我啊，晚上有空吗？一起吃饭吧！”

电话那端沉默了一会儿，然后只传过一个字来：“好。”

我带着美呆去吃韩国烧烤，不得不说，洗碗受虐狂真的是存在的。

菜上齐了，我一脸殷勤地看着美呆，美呆则不管不顾地一直狂吃。

我好几次欲言又止：“美呆啊……昨天晚上……”

美呆嘴里含着牛舌，抬起头看着我，摆摆手，说：“昨天晚上的事，我就当没看见。”

“不是……”

“别说了。你知道吗？婚前sex可是违反我的信仰的，而且你们

俩不是情侣吧？”

“不是……你听我说……”

美呆像是慈祥的妈妈看着无药可救的孩子，摇着头继续说：“你们俩要是成了炮友，我一定会搬家的。”

“不会，不会，绝对不会，我不是炮兵。”我急忙辩解，“而且，我们俩什么也没有干。”

美呆“切”了一声：“当然什么都没干。”不过这个“干”是一声。

美呆咬着牛舌，义正词严：“要是sex发生在爱情之前，那这算什么呢？动物！动物，你知道吗？只有动物为了繁殖需要才会这么干！”

美呆突然情绪激动起来。

“你冷静点，冷静点。”

美呆把一盘牛舌吃下去之后，脸上的表情终于好看了一点。在这个话题上，由于我和美呆的生长环境和爱情原则不同，所以肯定无法达成一致。于是，我决定说点别的，转移美呆的注意力。

这样的单任务操作系统，我用ios5还搞不定吗？

“美呆啊……你爸啥时候来？”

“咋啦？”

“我特别想和你爸抽根烟。”

“为啥？”

“不为啥，我就是觉得你爸特别和蔼。”

“我爸第一次见你就觉得你不顺眼，他说你是荷尔蒙过剩的典型代表。”

“伯父这话说得，他也年轻过啊，也代过表。”

“切！”

美呆风卷残云地把剩下的食物扫干净。突然，她抬起头：

“哎？你找我出来吃饭，到底要跟我说什么？”

美呆，你的反射弧也太长了点吧？

“是这样，美呆，我和狐狸只是在看电影，‘看’是昨天晚上的唯一动词，你明白吗？我只是不希望你误会。”

美呆耸耸肩：“干吗怕我误会？你们做什么，跟我又没关系。”

我哑口无言，不知为什么，我突然闻到一股浓浓的醋味。我突然觉得今天晚上和美呆出来吃饭，并不是明智的选择。

我伸手叫服务员，在美呆诧异的目光里问：“你们这里……有烤牛蛋吗？”

服务员瞬间化身为丈二和尚。

“什么……什么牛蛋？”

“牛蛋啊，就是牛睾丸啊？”

美呆张大了嘴……

服务员落荒而逃……

第一步完全失败。

我没能让美呆相信，我跟狐狸确实是清白的。

我有个不祥的预感，美呆不但不可能成为我追狐狸的得力助手，甚至有可能成为我最大的阻碍。

既然如此，我决定不再采取迂回战术。根据我对狐狸性格的分析，我认为狐狸也并不适合那种紧锣密鼓的追求方式。以前在大学里学到的那一套把妹攻略，用在狐狸这种见过大阵仗的女子身上，肯定是事倍功半的。

那么该如何感动这样一个女孩，让她成为你的女朋友以及将来孩子的妈妈呢？

我很想说，我就是那种技术流的恋爱达人。

可惜，我不是。

我所能做的，就是让狐狸知道我喜欢她。当然，这对于狐狸来说毫无意义。但是，追求一个女孩的时候，如果她不讨厌你，那么你就离成功不远了。

狐狸并不讨厌我。

而我要做的，就是把这种“不讨厌”变成“有一点点好感”，然后升级为“有一点喜欢我”。

就是这么简单！

黄小琥唱《没那么简单》，是因为没那么简单，就能找到聊得来的伴儿，一旦找到了这个人，追女孩这件事就变得相对容易起来。

很多时候，我们所缺的只是一场邂逅。

我信心满满地回到家，狐狸的房门仍旧紧闭。

不知道她是预感到了什么，还是觉得昨天晚上的事情，她的确有不对的地方。

我上QQ，美呆的签名改为“我绝不容许任何人毁坏上帝拟定的非凡之爱”。我虎躯一震，心想：男人爱上一个女人，跟上帝有两毛钱关系啊？我要做坚定的无神论者。再说了，美呆又不是我妈，也不是狐狸她妈，她凭什么要对别人的爱情指手画脚啊。真是的！

心烦意乱之下，我决定去洗澡。不管怎么说，洗澡总是能让人心情愉悦，据说人类最原始的本能就是在水里泡着。每当洗澡的时候，我总有种回到子宫的安全感。不管是初恋女友劈腿，还是第二个女朋友出国，一旦有什么折磨我身心的事情，我总是会跑到浴室洗一场澡。然后一边涂沐浴露，一边大声告诉自己，一切都会好起来的，这就是我们活下去的希望。

我冲进浴室迅速脱光，看着架子上一排三个女人每天用来清洗自己、打扮自己的各类化妆品，一阵欷歔。

女人真是神奇的生物啊！没有她们，我们真的活不了。

于是，怀着这种对母性的敬意，我先后使用了美呆的洗发水，狐狸的沐浴露。唯独对晶晶的雌性激素太浓的护发素心存抵触，但是为了公正起见，我还是用了她的洗面奶。

就这样，我从浴室里出来的一瞬间，突然觉得自己变成了一个姑娘。尤其是身上那种似有似无的香味，和狐狸的像极了。我有些醉醺醺了。

有人说，爱上一个人的原因有很多种，比如爱上某一个人的香味。贾宝玉说薛宝钗有冷香，那是和尚给配的，而林妹妹袖子里的香味却是天生的。也难怪，林妹妹可是绛珠仙草啊，当然有香味了，我记得这段描写十分香艳，是我年少时候读《红楼梦》里最爱的桥段。在小王子的星球上，那朵拥有四根刺的花，做作而娇嫩，却是我们这些男孩最初的爱情。小王子离开他的星球是因为跟这朵花有过节，每当读到这里，我都觉得又心酸又美好。我们失去了玫瑰花，我们拥有了狐狸。

扯远了，说回气味，很明显我不会爱上一嘴韭菜味的姑娘，也不会爱上不喜欢洗澡的女孩。但是狐狸的香味确实和别人的不一样，闻香识女人这句话说得实在是太棒了。每个女孩的香味都是不一样的，狐狸的香味像是爽身粉，让人又干爽，又心痒难搔。为什么同样的沐浴露，一旦被狐狸用过了就变得这么意义非凡了呢？

我缩在被子里，享受着余香阵阵的温暖，浑身抽搐，闷声大喊：“狐狸狐狸，我一定要成为你的小王子，征服你，驯养你。”

在床就要被我折腾塌了之前，我突然想：是的，在此之前，我有两次机会可以对狐狸做什么，可是我都没有做。我伟大的人格抑制了我的激素分泌和大脑充血。好吧，这是胡扯！我之所以什么都没做，是因为我没确定我究竟想要什么。

我想要什么呢？

当然，因为我确实是真正的男人，适龄，精力旺盛，我想的跟大多数男青年想的一样。

但是，我不想以一种求贤若渴的姿态，乘人之危又稀里糊涂地和她上床。炮友的悲哀在于，你和她做完，就想一脚把她踹下床。

而我，只是想心里有个想着、念着，晚上关了灯，你上我下之后，能躲在被窝里唧唧喳喳地谈天说地、胡说八道的人。

姑娘多好啊！说话好，不说话好，摸着好，睡着更好。可是姑娘是一种非常高级的存在形式。

我们爱上一个人，爱的是她这个人本身以及存储在她身体里的那些记忆。

上床多简单啊！二十分钟，两个陌生人之间就可以打一场网球，做一场运动。从我靠近天花板，到你靠近天花板。

可是，在此之后呢？

在此之后，悲哀的不只是褶皱的床单和团成一团的纸巾吧？

从这个层面来说，我之所以如此“柳下惠”，不想和狐狸马上上床的原因就是，我特别怕狐狸意乱情迷地接受了我，然后醒来发现世界崩溃，搬出公寓，从此和我老死不相往来。

这是我完全不能接受的结果。

所以，我要做点有技术含量的事情。

我以怀着这么伟大的目的追求狐狸而感到骄傲和自豪。

于是，接下来的一周里，除了以各种理由进出狐狸的房间之外，我也特别殷勤地打扫我们的公寓。尤其是厕所，厕所里面的马桶。

马桶被我擦得如同少女的胴体，白皙，稚嫩，神圣得不容亵渎。

狐狸一定想不到吧？

我追求她的方式，首先就是擦她们天天都在用的马桶。

不晓得狐狸知道了之后，会不会被感动至死？

第十二章　享用我吧，人生如此飘忽无定

我下定决心，紧锣密鼓地对狐狸好。

我化身福尔摩斯，历尽千辛万苦，终于查清狐狸的例假区间——15±7。

你们知道吗？我想：这就是我的爱情的开始啊！喜欢一个女孩，首先要算准她的例假周期，这一点跟知道她的生日一样重要。

我对自己说："加油吧！小王子，玫瑰不见了，狐狸就在前方呢，What are you waiting for？"

狐狸例假这几天里，下班后，睡觉前，所有她触手可及的地方，我都放了一个暖瓶。冰箱里也放了两大包红糖，我想这个储备量足以喝到狐狸绝经了。

我胆战心惊地想：在狐狸绝经之前，我应该已经追上她了吧？

当然，这些都是预热。

最重要的是，所有恋爱都需要一场仪式感特别强烈的表白。

我决定选一个特别的日子，送给狐狸一场感天动地的告白。

地点选在家里肯定不行，有美呆和晶晶捣乱，什么事情我也

干不成。况且，在一个熟悉的环境里，这场告白会显得特别没有情调。女孩子嘛，都喜欢那种在人多的地方当众被求爱，什么用大厦灯光摆I LOVE YOU啦，在沙滩上点火撒花啦啥的。

在感情里，每一个姑娘都是虚荣的，即使她表面不肯承认，心里肯定也是这么想的。每个姑娘都是公主，公主都希望当众被当成公主，她们喜欢被膜拜。

所以，作为男同胞，一定要把这一点牢记在心，给姑娘们想要的。

但是，第一次约会显然不能搞得这么隆重，在没有十足把握之前，任何大胆冒进都会吓着我们亲爱的姑娘。

我思虑再三，终于做了我此生最重要的一个决定之一——约狐狸去游泳。

游泳可以最大限度地锻炼重要部位的重要肌肉，而且这是一项特别文艺和性感的运动，不会像打网球一样出一身汗，第二天回来也不会全身酸疼。更重要的是，一旦衣服穿得少，心里的防备也就会相对减弱，两个人更容易坦诚相见。

综上，约会游泳显然比请客吃饭优雅多了。

两个人正襟危坐而问客曰，怎么比得上穿着比基尼去玩水呢？

而且，除此之外，我决定约狐狸去游泳，也是经过了缜密的调查研究的。

狐狸拥有傲人的身材，小孩子喜欢展示自己的宝贝，这跟女孩喜欢展示自己最美丽的一面如出一辙。为什么女人的衣橱里有那么多衣服，还总觉得少一件呢？原因很简单，就是那个叫做“回头率”的东西。衣服鞋子发型化妆品包包，都是为了引人注目的回头率。

漂亮的姑娘走在街上，一面如沐春风地享受着男人们毫无节操的注视，一面又不假辞色地鄙视着他们癞蛤蟆想吃天鹅肉。这就是人性。

所以，我必须给狐狸一个展示身材的绝好机会，以狐狸豪放的性格，即使我约她去裸体沙滩做沙雕模特，她都会答应的。

于是，我费尽心机地挑了一条特别卡哇伊的小熊维尼四角泳裤，同时特别理了一个菲尔普斯的流线发型，又配上一副墨绿色的泳镜。

我凝视着镜子里游泳冠军一样帅气的自己，顿时充满了必胜的信心。唯一的遗憾是胸前没有两块值得show up的胸肌。不过，这个现在来不及了，以后再补课吧！

我套上一件大T恤，吸了一口气，去敲狐狸的门。

狐狸打着哈欠开门，看了我一眼，问："What's up？"

我突然一阵紧张，一时间竟然忘了我早已经准备好的约会说辞。

我愣愣地看着狐狸，只是张嘴，却不能出声。

狐狸无奈地看了我一眼，又看看我脖子上的泳镜，她摇摇头："你是打算约我去游泳吗？"

我如蒙大赦地点头。

狐狸叹了口气："你连开口约我的勇气都没有，你敢和我去游泳吗？"

我镇定心神："我只是一时间忘词了而已，那你……周末有时间吗？"

狐狸不置可否地耸耸肩，问："你为什么突然要约我去游泳啊？"

我说："没什么，只是觉得天气燥热难耐，不如一起去玩水，我没人陪，你也没人陪，不如就一起去，做个伴儿。这不挺好吗。”

狐狸微微一笑，伸出手拍拍我的肩膀：“那行吧！不过……”

不过什么？我一阵紧张。

狐狸笑得不怀好意：“我有一套三点式的比基尼，我穿着去的话，你到时候不会让我送你去医院止鼻血吧？”

我信誓旦旦：“你也太瞧不起我了吧！你就是只戴着项链出现在泳池，我也能云淡风轻地花式蝶泳。”

回到房间，我兴奋得浑身发抖。

好了，第一步成功实现，我离狐狸的心又近了一步。

我拍拍自己的胸口，Ali izz well。

追求姑娘，姑娘就会不经意间找上门。

时间过得好慢，终于熬到周末了。

我和狐狸各自背着背包杀到游泳馆。

狐狸在进更衣室之前突然回头看着我，问：“你要不要我借你一个剃须刀呀？”

我愕然：“不需要，谢谢！好容易有机会展示我强悍的雄性力量，我为什么要用剃须刀啊我?”

狐狸摇摇头：“但愿一会儿我不会看到一头猩猩冲进游泳池。”

我满头黑线地冲进更衣室。

在更衣室，我猛然发现了男人身材的重要性。

离开学校缺乏锻炼，身上的腱子肉比怀孕生孩子的女人还要下垂。可是别忘了，女人对男人肌肉的痴迷与男人对女人CUP的痴迷不分伯仲。

我换上泳裤的时候，暗暗发誓，回去之后一定要常去健身房苦练肌肉。尤其是要达到能连续做满一百个俯卧撑的必备能力。

俯卧撑对男人来讲，实在太重要了。

同时，我也发誓，我必须要学会骑马。

我转过头，看了一眼正在换衣服的大叔，他挺着啤酒肚，秃着头，油光满面地回看了我一眼。我全身发冷，落荒而逃。

男人啊，无论到了四十岁还是五十岁，一定要保持好身材啊！

不然的话，如果你没有钱没有权，又挺着啤酒肚，无论如何也当不成小妹妹的干爹啊！更不用说看她们穿小短裙了。

走出更衣室，我立即置身于一个巨大的澡堂。

我想起铁凝的《大浴女》，我想起那部著名的电视剧《女人汤》。时至今日，我才明白女人汤的真正含义。要是把女人都扔进游泳池熬成一锅汤，味道应该不会坏到哪里去。不信你把五十个大老爷们儿扔进去熬熬试试。

穿上泳衣之后，身材的差距昭然若揭，触目惊心。你无法想象，一个人的腹部可以承担多少脂肪和肥肉？

但你绝对可以想象，一个魔鬼身材的美女在穿上三点式泳衣之后，那种闪亮登场，那种光彩夺目。一路走来，秒杀众生，同时带来杰克•伦敦所说的野性的呼唤。

狐狸愣是把更衣室到游泳池的距离走成了超级内衣秀的T台。

我看着狐狸，不自觉地堵着自己的鼻子。

狐狸一双修长美腿，携着钱塘江的波涛，还有整个太平洋上空的晚风，款款地向我走来。

男人们的目光被吸引，地心引力开始作用于他们的唾液腺。

我愣在原地，彻底被秒杀了。

我当即宣誓：不追上狐狸，我誓不为人。

我咬咬牙，努力挤出一个得体的微笑。

狐狸走到我身边，看了我一眼，说：“我们先做热身吧！”

我呆呆地点头，眼睛却不知道该往哪里放。

狐狸笑笑：“你领着我，我跟着你做。”

我深呼吸，点点头。

面对这样一个女子，我的智商终于恢复到正常水平。

于是，我开始领操，嘴里念念有词：“弯腰，手碰脚，手碰脚，左左，右右，一二三四，一二三四。”

狐狸不明就里地跟着我做。

我只恨我没有四只眼睛。

做完四个节拍，我站直身子，看着狐狸。

狐狸眨着眼睛看我：“怎么了？”

我严肃地看着狐狸说：“狐狸，你知道吗？科学调查证明，下水游泳的时候，除了小腿、胳膊和肩膀也很容易抽筋。”

狐狸点点头：“哦哦！”

我咳嗽了一声：“所以呢，我们需要做充足的准备活动。”

“嗯，好啊！”狐狸扭动着自己的脖子。

狐狸的脖子真长啊！

我心无旁骛地说：“我们应该相互压压肩膀，这样把肩部活动开，待会儿就可以中流击水、挥斥方遒了。”

狐狸咯咯娇笑，说：“那好吧！”

在我大学生涯的体育课上，所有压肩膀的热身都是和男同学完成的。所以，这次和C-CUP的狐狸压肩膀，让我觉得世界真美好啊！真美好！

我突然有种推理小说读到最后的感觉，真相就在眼前，而且渐渐逼近，直到呼之欲出。

我沉浸在和狐狸一次又一次压肩膀的喜悦中不能自拔。狐狸突然制止我，她狐疑地看着我，问：“你眼睛看哪里呢？”

我十分镇定：“狐狸，你的项链真好看!”

狐狸推了我一把：“走吧，下水。”

说着，狐狸脱了拖鞋，双臂平伸，一个漂亮的压水花，跳入水中。

我惊艳了。

沉鱼落雁原来就是这么来的啊!

我不再迟疑，撑了撑肩膀，一头扎进游泳池。

我学了这么多年的游泳，换气却一直没有练好。而狐狸却游得非常漂亮，简直就是花样游泳队的。

于是，我游过去跟狐狸请教。

狐狸说：“哎呀，这个啊，你是没找到状态。”

“啥状态？”我求知若渴。

狐狸说：“你要找到那种你已经被淹死的状态。”

我愕然：“合着我要学会换气，还得先学会淹死啊？”

狐狸一脸正经地点点头：“其实游泳根本不用学，这是人类的本能。你想啊，我们的祖先是从海里来的，再说，子宫就是个大浴缸啊。我们打从受精卵的时候就玩水，长大了还用得着学游泳吗，你说？所以呢，你就要放松，越放松，越容易。”

我愕然。狐狸说得好像有道理。

我跟在狐狸后面，狐狸的红色比基尼在蓝色的水波里惊艳极了。

女孩就是这样，只要你从不同的角度，总是能发现她不一样的美。

我潜到水底下，仰头看着狐狸像一条美人鱼一样从我头顶游过。

在《加勒比海盗》里，美人鱼的歌声可以魅惑水手，在现在这个游泳池里，狐狸可以秒杀众生。

这个场景，实在太梦幻了。

游了好久，我和狐狸在浅水区踩水休息。

在蓝色和红色的映衬下，狐狸的皮肤更白了。

她的脖颈很长，侧脸很美。

狐狸见我在看她，侧过来问："好看吗？"

我微笑："你指什么？"

狐狸擦了擦脸上的水珠："我啊？"

我由衷地点头，对狐狸说："只有两首歌能表达我此时的感受。"

狐狸好奇地问："哪两首呀？"

"《难以抗拒你的容颜》、《怪你过分美丽》。"

狐狸又笑："看来说男人是视觉动物，真的一点都不冤枉。"

我耸耸肩："本来啊，姑娘好像花儿一样，花儿长在土地上，就是给人看的呀。"

狐狸撅嘴："太浅薄了吧？女人就只有观赏价值吗？"

我摇摇头："当然不是啦，此花非彼花，姑娘是解语花，那得能交流。不光是眼睛能看，手也能看，心也能看。"

狐狸笑笑，不置可否。

我突然很好奇："狐狸啊，像你这样的花儿，哦，我是说，像你这样的漂亮姑娘，对自己的外貌是怎么看的呀？"

狐狸眨眨眼睛："这个嘛，你懂的，女孩子嘛，长得好点总是受优待的。你挤地铁有人愿意给你让座，你插个队别人也不好意思说什么。不过，现在只是长得好根本没有竞争力，甚至还有危机感。”

“危机感？”我适时发问。

“嗯。”狐狸点点头，“你想想，第一，长得好看的姑娘那多了去了，一年生出一大批，就跟韭菜似的，一茬接着一茬。大家都长得很好看，就形不成差异化了。第二，你过了四十岁，容颜老去，没了身材，有了赘肉，男人都不愿意多看你一眼。那时候，你就输给了二十多岁的小姑娘。所以说，女人还是要内秀，这才是根本竞争力。”

我点头称是，我说：“狐狸，你这个分析十分高屋建瓴，这跟男人一样。”

狐狸看着我：“嗯？男人怎么说？你也分析分析。”

我清清嗓子：“是这样啊，我们用排列组合。高、富、帅、有才华；穷、丑、矬、纯脑残。这些条件的组合机会都是均等的，高富帅、有才华，这当然是很多女人梦寐以求的。可惜，现实情况下，有才华的很多都是穷光蛋，高富帅换女朋友跟换袜子的频率差不多。所以我觉得，女人对于理想男人的数学期望都过高了。”

狐狸意味深长地看着我：“你想表达什么？”

我继续说：“我的意思是说啊，女人择偶那得考虑综合标准，不能一叶障目不见泰山。有点才华，有点钱，长得呢，也还过得去，重点是啊，人踏实，靠谱，愿意拿命喜欢你。哪一条是最重要的，姑娘你得有个权重啊。综合得分，综合考虑，你说是吧，狐狸？”

狐狸咯咯娇笑，点点头：“你是在说你自己吗？”

我哈哈大笑：“我这是举个例子，道理你肯定都明白。我是想说啊，两个人能在最合适的年龄碰上，并且还能看对眼儿，这事儿可不容易。要是碰上了，就得珍惜。怎么说呢，至少得给彼此一个机会，处处试试，说不定这俩就是一对儿。”

狐狸赞许地点点头：“你说得对，不过机会这种东西，从来都不是别人给的。”

狐狸说完，一头扎进水里，像一条鱼一样游走了。

我心里默念着狐狸最后那句话，连忙跟上去。

你是一天到晚游泳的鱼。

哥就是一天到晚打鱼的圣地亚哥。

狐狸，我来啦！

一个多小时后，我和狐狸筋疲力尽地躺在椅子上休息。

躺了一会儿，我们两个决定去看电影。

看电影真是一个最堂而皇之的约会理由。

吃饭要面对面，游泳要一前一后，看电影可是肩并肩。

当然了，约女孩子看电影其实也是需要技巧的。

第一，千万不要去看恐怖片，因为现在妹子们的口味比男生重多了，搞不好先被吓出尿的是我们呢。这样不但没有起到好作用，反而让女孩觉得我们胆小。

第二，千万不要去看动画片，尤其是你还没有和她上演动作片之前。动画片太纯情了，那个时候，女孩分泌荷尔蒙的器官是间歇性屏蔽的。看动画片的时候，你去拉她的手，她是绝对不会有感觉的。

那看什么呢？这个问题问得好。

看风评高的美国大片啊，那种有爱情的，有大场面的，有激情戏的，有笑点的，有泪点的。

女人都是感受性动物。你对她好，她总是可以感受到的。电影对她好，她也能感受到。你和电影对她都好，她一定能够感受到。

但是，我和狐狸去电影院看排片表的时候，狐狸却一脸的兴味索然。

这个时候，反应一定要快。

如果这里面没有狐狸喜欢看的片子，那么她很可能在电影院睡着。我绝不容许第一次约会看电影就发生这种事情。

于是，我说："不然……我们去看话剧吧！"

话剧多文艺啊，虽然有时候不知道导演和演员究竟想表达什么。但对于文艺虚荣分子来说，话剧这个词儿显然比电影更高端。

"《恋爱中的犀牛》？"

狐狸之前并没有看过这个话剧，但肯定有所听闻，但她还是装作特别白痴地问我："《恋爱中的犀牛》，这个名字听起来好色情啊。"

"哈哈！"我说，"是啊，在恋爱中，每个男人都是犀牛啊，尤其是和女朋友在一起的时候。"

其实，我之所以带狐狸去看这部话剧，是因为正好赶上话剧在上海话剧艺术中心上演，这就叫天时地利人和。追求一个喜欢的姑娘，连老天都是会帮你的。

除此之外，这部我最喜欢的话剧里有我想对狐狸说的话。

尽管这些话，我完全可以自己说出来，但是，这样显得我轻浮，没有诚意。

我希望能够坐在狐狸身边，让她自己去感受。让感受性动物接受感受，这跟中医理论激发人类身体自我潜能一样，据说比直接用"虎狼药"更有效果。

马路同志，你就是我的代言人啊。从某种意义上讲，我希望我成为马路，而狐狸就是明明。

我也想对狐狸唱：

这是一个情感过剩的时代，我们有太多的要求要满足。

爱情是蜡烛，给你光明。

我静静地躺在床上，墙壁上面落着我的夜晚。

我要用所有的耐心热情，我要用一生中所有的光阴。

想着你，等着你，我的爱情……

我想听到狐狸对我唱：

对我笑吧，像你我初次见面。

对我说吧，即使誓言明天就变。

抱紧我吧，在天气这么冷的夜晚。

想起我吧，在你感到变老的那一年。

好吧，其实我最想听的是这一句——

享用我吧，人生如此飘忽无定……

最后只有我还在你身边……

不，狐狸，我们是互相享用呢。

你是我的，你将会是我的。

不能给蜡烛。

不能给大树。

不能给大叔。

把你拥有的，全部都给我吧！

我们两个依偎着，度过了一个特别文艺的晚上。游完泳洗完澡的清爽，文艺腔十足的对白，空灵的场景，狐狸的若即若离……

这一切都让我觉得特别不真实，好像猛灌了十斤波尔多，看着狐狸都觉得是裸眼3D的。我深呼吸，决定在话剧散场之后对狐狸深情表白。

我相信，经过《恋爱中的犀牛》的陶冶，狐狸全身都散发出一种“跟我表白吧”的优雅气质。

我们两个一左一右走在马路牙子上，深夜的街道只有卖烤羊肉串的大叔还在兢兢业业地烟雾缭绕着。

经过文艺片的洗礼后，狐狸说话也带着浓浓的文艺腔：“想不到他们对爱情的诠释已经这么……深入了，而且还带着点偏执的变态情节。”

我点点头，说：“不是他们诠释得变态，而是爱情本身就很变态啊！”

“爱情怎么会变态呢？爱情变态首先是因为爱情里的人变态。”

“你倒说说，爱情里的人怎么变态了？”

“还用说？连通男人大脑和敏感词的是同一根血管，这头清醒了，那头就不清醒了。”

“啥呀！”

“你敢说不是？”

我摇头：“狐狸啊，你听说过柳树桩子理论吗？”

“嗯？什么桩子？”

“就是说，你不要把男人当成动物，也不要当成人，你就把我们当成河边的柳树桩子。你想想，柳树桩子本身是无辜的对不对，他就是很无辜地长在那里。如果有一天出来化缘的尼姑经过河边，累了就上去坐一坐；穿很少的小萝莉经过河边，也想上去坐一坐，你说柳树桩子能拒绝吗？”

狐狸听到这里，一时愣住了，她可能对这种不要脸的强词夺理一时没有反应过来。

我趁热打铁："再说，男人对这种事这么上瘾，也是上帝写入男性基因里的程序啊。首先这是为了保证后代繁衍，维护人类文明。其次，这就是一种条件反射，那，就像膝跳反射一样。你猛击一下膝盖，小腿就会跳起来踢你一脚，条件反射不能作为攻击男人的理由吧？就像你不能因为青春痘过剩就攻击别人长得丑。女人在这件事情上，不能有道德上的优越感，你知道吗？这就像飙车，男人喜欢速度，女人可是享受过程的。你们作为女人，应该去攻击上帝，而不应该攻击男人本身。"

狐狸刚要反驳，我接着说："但是，尽管如此，男人一旦有了女朋友，即使作为柳树桩子，也还是愿意只接受女朋友这一个屁股的。虽然有时候会YY一下，但是这时候也只能YY一下而已了。这就叫凌驾于生物本能，忠诚于两个人的爱情。"

狐狸低头思考，过了一会儿，抬起头来，看着我，说："那你告诉我，你是柳树桩子吗？"

我点点头："基因决定我是柳树桩子，但是——"

"但是什么？"

"但是柳树桩子也会开出花儿来的，柳树桩子开了花，屁股们就不会想要坐上来了。"

狐狸低头笑。

其实我是想说：狐狸啊，我们不能再等了，再等下去，蝌蚪都变成青蛙了，原本常年丰盈的尼罗河也要彻底干涸了。

我再次鼓起勇气，说："狐狸狐狸，你是风儿我是沙，你是没地儿坐的姑娘，我是没开花儿的柳树桩，我们俩结合，宅男女神，你看行吗？再不济，也能省下一半的房租呢。”

狐狸似乎早就预料到我会说出这样的话，她看了我一眼，然后又看了看天，最后开始看地上的沥青。

我们继续轧着马路，好像我俩就是便携型的压路机。狐狸每走一步，我心跳就加快一分。

走了快一公里以后，我已经快力尽虚脱了。

最终狐狸开了口，她看着我，脸上没有值得研究的表情，狐狸说：“你让我想想吧！”

我吐出一口气，不再发抖，得到这个回答，我已经不能再继续追问什么了。接下来，就是耐心地等待，同时在适当的时候推波助澜。

在回去的地铁上，彼此无话。

我看着狐狸藏在头发里的脸，心里像是剑齿龙在肉搏翼龙，沙尘滚滚，血肉模糊。

一直回到家，狐狸也没有跟我说一句话。进了门，她回头说了句“晚安”，便进了自己的房间，轻轻关上门。

我心里像是开了个陈醋厂，酸溜溜的不知是什么滋味。

倒是晶晶还没睡，看到我回来，飞快地跳下床，递给我一个杜蕾斯，满是深意地拍拍我的肩膀，转身进屋。

我摇头苦笑，这是亮亮还给我的吗？

我回到房间辗转反侧，看着天花板上的吊灯，心里五味杂陈。

表白不当的结果就是连朋友都没得做，早知道……早知道我就忍着不说了。

翻来覆去，一直折腾到一点多，手机终于响了。

我噌地坐起来，颤抖着拿起手机，花了好长时间才鼓起勇气打开短信——

发件人：狐狸。

狐狸的回答很简短。

简短到我一眼就能看完十遍。

狐狸说：“对不起，小正太，我想我还没有准备好再喜欢一个人。”

我心里刚刚亮起的一盏灯，被这条短信敲碎了灯罩，扯断了灯丝，瞬间熄灭了。

一片漆黑。

这就是最后的宣判吗？

我瘫软在床上，心如死灰。

我想：唉，也是啊，狐狸怎么会看上我呢？她是女神，我又不是高富帅。

在这一瞬间，我的自恋和自信都不见了，只剩下自怨自艾。

我这个刚被抛弃的人又被拒绝了一次，而且在未来的日子里，不知道还要被拒绝多少次。

半夜，我听到狐狸出门上厕所，她踩着拖鞋，翻下马桶圈坐下，一连串动作中似乎也带着一点颓废和悲伤。

狐狸，我真的摸不透你啊！

外面起风了。

第十三章　每个学长都有很多学妹

很多爱情都猝死在告白这一天。这就好像一个婴儿诞生你打了他的屁股，而他没有哭一样，你明明看到了一个新的生命，可是瞬间又失去了它。

太残忍了！

其实在狐狸面前，我挺自卑的，就好像一块小石头站在珠穆朗玛峰前顾影自怜，就好像A罩杯在C罩杯面前一样抬不起头来。

狐狸拒绝我之后，我一度很消沉，旧伤新痛一起汹涌而来，我难过极了。我甚至开始怀疑自己的爱情观，怀疑是不是我自己的问题，导致我这么久还找不到真正的爱情。

狐狸用一场大雨浇灭了我刚刚燃起来的小火苗，我心里只剩下一阵缭绕的焦烟。

正当我躲在房间感叹，我为什么这么命苦的时候，我大学的学妹给我打电话了。

每个学长都有很多学妹。

这是我们的人生总能很丰富的重要原因。

我不知道你们怎么看待大学时候的文学社。

我们的文学社虽然比不过搞音乐的，但是对一些热爱文学的学妹还是有一定的杀伤力。写写不知所云的现代诗，一起聊聊聂鲁达、泰戈尔、里尔克。没事的时候，约上学妹去小河边，一边看云彩，一边读顾城的“你看云时很近，你看我时很远”。

当初我是多么热爱文学啊！

学妹生于1991年，正值妙龄，像一瓶由1991年的葡萄酿成的红酒。80后的男生永远对90后的妹子又爱又恨，爱的是她们清一色的魔鬼身材与大胆前卫的着装和为人处世，恨的是90后的妹子以为80后的男生都已经成为胡子拉碴的大叔了。

对于这个学妹，我曾经和她一起吃过饭上过晚自习读过村上春树。大学的时候，我之所以没敢和她发生什么，第一是因为我每天都和女朋友在一起，我需要的，女朋友都能给我。第二，当时她还不满17岁。

我想，我不能对一个小萝莉下毒手啊。

但是后来，让我后悔莫及的是，学妹跟一个打篮球的小白脸好上了，而且我在教学楼的背风处遇见过她好几次。

当时情侣们做坏事的地点都安排在教学楼里。

第一是省钱，第二是在学习的地方做坏事确实很激动人心，就好像在女朋友家里做坏事一样惊险刺激。最危险的地方就是最安全的地方嘛。

我们当时还是会对望一眼，打个招呼，但是从来没有背着各自的男女朋友一起吃过晚饭。

现如今，学妹来上海找工作了，而我在谈了趾高气扬的几年恋爱之后，终于失恋了。

有一个学长在某个城市，学妹总是要来见见的。

离开学校，离开家，在一个陌生的大城市，一点点情分都会被无限放大。

况且我还曾经和她一起读过诗，我们曾经都喜欢村上春树和聂鲁达。

她下午才到上海，晚上我就约她出来吃饭。

刚毕业的她对上海的一切都感到好奇，甚至包括混在上海的男人。

谈话间，我得知她打算在上海找工作，目前寄居在表姐家里，希望我能帮她物色相应的工作。

学妹是学韩语的，目前在一家展会翻译公司实习。

我们先是进行了一场冠冕堂皇的对话，比如毕业之后感觉怎样啊，想不想我们学校餐厅二楼的肉夹馍啊，然后开始谈人生，最后不可避免地开始聊感情。

毕业分手已经不是什么新鲜事了，这种事整个地球每年都会发生。学妹在四年内也换了N次方个男朋友，对她来说，换男朋友就像换衣服一样快，并且以此闻名于韩语系。

每个学校里都会有一个这样的女生，我这个学妹就是个中翘楚。

我们从精神层面的感情，一路聊到更深层次的灵魂和欲望。

经过了长时间的限制级谈话，我和她都被一个说法打动了：

上床就是一种运动，就好像两个人约好了去打一场网球一样。出一身汗，消耗掉多余的精力和热量，然后穿上衣服，各回各家。

仅此而已。

我承认，对于狐狸，我说不出这样的话，也产生不了这样的感觉。但是对于这个1991年生的学妹，我却可以。

我也是第一次意识到，男人是一种可怕又可怜的动物。

但是这个晚上，我似乎格外需要打一场网球，尤其是惨遭狐狸拒绝之后，为什么我总是被姑娘们拒绝呢？

于是，吃完饭，我说："要不去我家坐坐吧！我借给你两本书。"

学妹喝完了杯子里的果汁，说："好吧！"

我带学妹回家了。

半夜里，带一个姑娘回家的虚荣感和惬意让我有些得意忘形，我好像迫不及待地要昭告天下：看吧，我不是没人要的穷矮矬！

我打开门，喊了一声："我带了一个同学回来。"

美呆探出头看了学妹一眼，撇撇嘴，转身关上门。

晶晶从厕所里出来，看起来是刚洗完澡，汁水淋漓地对学妹说："你好，你好！"然后对我挤眉弄眼。

只有狐狸的门还是关着的。

我故意说得很大声："这是我大学同学，来上海看我。"

学妹很得体地回应晶晶，说："打扰了，抱歉。"

一般来说，带一个女孩子回家，尤其是在晚上十点之后，我们都渴望能和她发生点什么。

但是这个时候，你所做的每一步就显得格外重要。从女孩子进门那一刻，如果你走错了任何一步，女孩都有可能起身离开。

所以你必须时刻保持战斗状态，不能有一丝一毫的行差踏错。

学妹看着我房间的大书架唏嘘不已，不停地问这问那，我却有点心不在焉，有一搭没一搭地回应着。

眼看着一个多小时过去了，晚上十二点逼近，学妹一边敲打着我的电脑，一边和我说话。至于她说的什么，我其实一点也没往心里去。

突然，学妹说："你这有没有好的电影啊？"

我一个激灵，瞬间记起了我今天晚上带学妹回家的神圣目的。

注意！

一个女孩愿意去你家玩，并且主动提出要和你一起看电影，那么所有的前提就都成立了。到此，你就获得了和学妹共度一个美好夜晚的机会。

我们俩就坐在我的小床上，开始看电影。

这个时候，剧情完全不重要，电影只是作为所有一切开始的前戏。

学妹进门的时候就脱了外套，这个时候已经脱了鞋子，缩进我的被子里了。

又过了一个多小时，我看了看时间，一点多了，这个时候，其实所有的暴力事件就只差一句话了。

但是这句话特别重要，成败就在此一句。

我像是摇着扇子等东风的诸葛亮同学一样，深呼吸，淡定地开口："这么晚了，你要不睡这里吧？"

我用的虽然是问句，但完全没有用疑问的语气。

学妹自然要说："这不好吧，怪不方便的。"

我特别一本正经地摇头："没事没事，你自己一个被窝，我睡在你旁边就好了。"

学妹面露难色，低着头，过了一会儿，说："那好吧！"

然后，学妹抱着我的格子衬衣和大短裤就去洗澡了。

浴室里的水声昭然若揭地显示着接下来我们要做的事。

学妹洗完澡从厕所出来。我听到她特别羞涩地跟谁说了一句：

“你好！”然后一个声音让我从床上弹起来，赶紧贴紧墙偷听。

是狐狸。

狐狸特别义正词严，像是捉奸在床的教导处主任：“你从哪儿来的？”

学妹估计是愣了一会儿，然后礼貌地回答：“我是他同学，今晚来这借宿。”

狐狸的声音似乎是从牙缝里挤出来的：“放屁！我看你来借的不是宿吧？你从哪儿来给我滚回哪儿去！”

学妹也不是只有四两肉的软妹子，一听这话，也来劲了：“你TM怎么说话的？”

狐狸毫不示弱：“我说得不对吗？大半夜跑到人家家里来，你要不要你这张三十八英寸的牛蹄脸了？”

学妹气疯了：“我来看我同学，关你丫屁事？你是谁啊？你羡慕嫉妒恨啊？”

我一听打起来了，心想这可坏了，连忙打开门冲出去。

学妹穿着我的衬衣和短裤，手里捧着自己的牛仔裤和BRA，一脸凶恶地看着狐狸。

狐狸脸上还敷着面膜，眼神里冒着噼里啪啦的火星，像是一台大型的激光切割设备。我意识到，如果再不出手的话，学妹就要被狐狸撕成碎片了。

我走上去把学妹拉回到我的房间，然后看着狐狸，不卑不亢地说：“对不起，打扰你睡觉了，这是我同学，实在不好意思。”

狐狸脸上的保湿面膜遮盖住了她所有的表情，听到我这么说，一言不发，转身进了自己的房间，砰地关上门。

“她谁啊？怎么这样啊？妈的！”学妹气死了。

“别生气，别生气，她就是我室友，特别不喜欢陌生人，别理她。”我哄了半天，学妹终于消了气。

我看了看表，说：“要不咱睡吧！”

学妹穿着我的衬衣，显得特别玲珑有致，哦了一声，然后说：“你关灯。”

我关了灯。

我心潮澎湃地躺在学妹旁边，侧过脸看着她，学妹身上散发出的香味让我打了一个冷战。

她用的也是狐狸的沐浴液啊！

这……这是天意吗？

我侧过身，问：“冷吗？”

学妹咯咯娇笑：“外面三十八摄氏度呢，大哥。”

我嘿嘿傻笑：“这不是开空调了嘛。”

然后我的手终于脱离我身体的控制，化身一只离群的小鹿，开始没头没脑地在史前森林游弋，探索着学妹所能接受的尺度。

Attention，Please。

这个时候要特别小心，你不能一上来就抓住人家不想让你抓住的地方。

女人都喜欢循序渐进。

学妹渐渐有了回应，这个时候我才敢抱住她。

女人真是神奇的生物，真不知道当时生物学家为什么把她们也归入人类。她们明明就是更高一级的生物啊！

我闻着她身上湿热的香芬，一时间心里难过极了。但是这个时候，我不得不说，我的身体是愉悦的。

学妹这个时候显得特别专业，像是绽开在黑暗里的大丽花。

这种感觉特别像是，你在河里游泳，从开阔的地方突然就游到了仅容一人过的罅隙里去。

自从和女朋友分手之后，我好久没有游过泳了。

我抛开所有的顾忌，忘了被抛弃的痛苦，也忘了被拒绝的尴尬。

男人确实是一种可怜的动物，只要有个女人愿意和他一起睡觉，他就能忘了所有痛苦，即便是暂时忘了这些痛苦……

就在我要顺着瀑布飞驰而下的时候，突然有人发疯似的砸门，空气都在震动，墙皮都在剥落。

学妹停下来，我也停下来。

不等我说话，学妹突然大声喊：“谁啊？睡了！”

门口沉默了一会儿，然后传来一个特别冷静的声音：“小正太，我的衣服是不是在你这，你给我拿出来，明天我要早起。”

学妹愣了，匪夷所思地看着我。

我也不知道该怎么和她解释，只好回应：“狐狸，狐狸，你什么时候把衣服放我这儿了？”

狐狸声音更大：“你忘了？我脱下来的蕾丝扔到你柜子里了。你别老是藏在枕头底下，你让我明天还怎么穿呀？”

我脸上显出三道巨大的黑线，学妹的身体突然冷下来，一脸嫌恶地看着我。

我第一个反应就是翻开枕头给学妹看，表示我是无辜的。

学妹摇摇头，一把推开我，很无奈地说：“对不起，我想睡觉了。”

然后学妹缩进被子里不到十分钟，竟然呼呼睡着了。

我仰天躺着，说实话，我也突然没有兴致了。

狐狸——

我真是摸不透你啊，你不喜欢我就不喜欢好了，干吗还要坏人家的好事呢？

你要坏人家好事，你也早点坏啊，急刹车弄不好会出人命的。

第二天一早，学妹就起来洗漱，然后我送她下楼打车。

在坐上出租车之前，她突然转过头来看着我，一脸怜惜地说：“你那个室友……挺适合你的……”

我没听懂，学妹已经坐进车里绝尘而去。

第十四章　你是我病中的一颗药

我灰头土脸地回到家，洗洗刷刷去上班，一整天都心灰意懒。

一夜风流和昨夜惊魂，真的只有一日之差，就好像情人节和妇女节一样。

狐狸的行为越来越让我捉摸不透了，我实在不知道该如何继续面对狐狸。

不知道你们有没有这种感觉，有一些人，我们和她注定做不了朋友，我们只想和她成为情人。

小不点是这样的人。

狐狸——也是这样的人。

我不知道爱情是怎么产生的。我只知道，我高一军训的时候，跟我的初恋女友一见钟情。其后，我们只接过一次吻，甚至连手都很少牵。

她最后一次拥抱我是送我去车站的路上，一向害羞的她不知道为什么突然胆子大起来，她抱着我，很平静地说：“恐怕以后我们再也不能这样了。”

她果然说对了。

那个时候我还小，几乎不能理解初恋里面藏着的沉重悲哀，就好像，你几乎不可能和初恋女友生下两个孩子一样。

直到很多年之后我才恍然，有些雨一旦下过了，就再也没有了。

小不点的离开同样如此，只有简短的二十二个字的电邮，然后三年的感情就嗖的一声不见了。而我却还悬在半空中，跌落ING，眼看着就要粉身碎骨。

人们都说爱一个人需要很大的能量，失去一个人，这种能量就重新归零。直到某一天，你真的准备好了，重新充电完成了，然后才能以完全的正能量去爱，去追，去生活。

也就是说，你在青春的鬼天气里淋成了落汤鸡之后，务必要洗个热水澡才能继续生活。

我现在洗完热水澡了，想要继续生活了，可是我喜欢的姑娘却没有给我这个机会。她不但没有对我回眸一笑，反而又朝着我泼了一盆绝对零摄氏度的冰水混合物。

晚上，我奄奄一息地回到家，蹲在自己房间里放空发呆。

在上海，到了晚上，这个城市开始展现它的繁华与寂寞，外面有多繁华，屋里就有多寂寞。夜空中，不知道到底飘浮着多少渴望被爱的灵魂。

堕落也好，刻薄也罢，他们，我们，只是渴望被宠、被爱、被需要，或者说渴望爱一个人的充实感、成就感。

所谓一夜情，就是这种情感的一次性释放。就跟造纸厂攒了半年的污水，总是想着不花钱就偷偷违规排放一样，明明知道犯法，可还是忍不住开闸。

可是，一夜情的悲哀也昭然若揭。

就像陈奕迅唱的："闭起双眼你最挂念谁，眼睛张开身边竟是谁。”很多时候，在我们身边的，不是那个我们最爱的人。

这就是生活许给我们的折磨，我们一定要努力躲开才行。

当我们真的从周杰伦到了陈奕迅，从《双节棍》到了《好久不见》，我们已经在一次又一次的抛弃与被抛弃中，长成大人了。

我们变得敏感，善感，对于爱情，虚怀若谷，求贤若渴，却又战战兢兢，胆小如鼠。

可是，一个人如果连爱与被爱的能力、勇气都丧失了，还怎么活下去呢？

屋子里的气氛变了，气压好低，就好像暴风雨之前一样。

晶晶终于受不了了，她叫亮亮火速前来充电。

从某种程度上说，男朋友是需要充电的，晶晶比谁都明白这一点。

亮亮的待机时间算是长久，一周一次的相会就能让他获得长达七天的续航能力。

一个小时后，亮亮满脸喜色地出现在我们公寓里。

两个人不到晚上九点就关上了房门。

我回到房间，头晕目眩，越来越难受，不知道是不是最近精神紧张的关系。

一个小时之后，我开始发烧，乳酸大量分泌，四肢酸痛，头疼欲裂。

晶晶房间里传出有节奏的呼吸声，啪啪啪的事情，刚刚开始。

我浑身难受，爬起来吃了退烧药仍旧不见好。

一个人的时候，是没有资格生病的，就好像没有女朋友的宅男连刮胡子的力气都没有一样。

我开始哼哼哼哼哼哼，哈嘿哈嘿哈嘿哈嘿哈嘿……

越哼哼越觉得悲愤，越哼哼越觉得自己悲惨，好像我一个人在一个晚上把莎士比亚的四大悲剧都表演完了似的。

我的呻吟声竟然慢慢被我弄出了哆来咪发唆的抑扬顿挫来，差点就琴箫合奏笑傲江湖曲了。

不知道过了多久，我迷迷糊糊地听到有人推门进来。那种独特的气味辨识度太高了。

是狐狸。

狐狸在我床边坐下来，也不说话，伸手摸我的额头。

我的额头有多烫，她的手就有多凉。

狐狸的香味扑面而来，我闻着闻着就酩酊大醉了，就好像饿了三天的人，突然闻到狗不理包子的香味一样。

不知道为什么，我的第一反应竟然不是睁开眼，也不是张开嘴。

而是……

而是……

狐狸说得对，每次和她独处，我都会指着她。

只不过这次，我指着的是天花板。

狐狸也不说话，就在我身边安静地坐着。我从来没有从这样的角度看过她，也从来没有在发烧烧到三十九摄氏度的时候，这样仰视她。

不知道为什么，这样看来，狐狸比平时还要好看，还要温柔，简直就是活脱脱的女神像。

狐狸就这样坐着，语气还是冷冷的，使用倒装句问：“你药吃了？”

我点头。

狐狸就像是冷冰冰的护士看着轻伤就下火线的伤员，又说：“你想喝水就跟我说。”

我说：“狐狸，我想喝水。”

我从来不知道，原来女人才是特效感冒药。还有，一杯白开水有了狐狸掌心的体温，怎么就变得特别好喝了呢？那杯水是我喝过的最好喝的饮料。

我意识到，确实，每个女人，与生俱来的母爱就是你体验过的最伟大的爱情。

这一刻，我特别想回忆起当我还是个婴孩时，那种吃奶的感觉。

原来，在这个人来人往的城市，其实，我只需要一个人，一碗面，一颗感冒药，仅此而已。

这一天晚上，狐狸就在我床上坐着，像是我的女朋友一样，也像是保护小孩子睡觉的持剑泰迪熊。

我回忆着吃奶的感觉，沉沉睡去。

迷蒙中，我做了一个特别美好的梦。

我梦见，狐狸身上只穿着一件围裙，脚下却踩着高跟鞋，正在厨房翻动着炒锅。

我脱下西装外套，走过去抱住她，吃餐前甜点……

第十五章　你去你的未来，我去我的未来

就在我铆足了劲要重新追求狐狸的时候，小不点的开心网开始出现了奇怪的句子。

作为一个射手座的女孩，她向来不会轻易表达自己的软弱。

而现在，她的开心网主页上开始分享《BAD DAY》这种带着悲伤的歌，开始放小河版的《不会说话的爱情》。

我看她的每一条状态，分析她写下这句话时的心境。

这种悲伤特别像是自慰，仅仅是自己给自己感动而已。

对方，甚至可能对于远隔千里的悲伤毫无感触。

我仍旧觉得有点对不起她。

尽管她用二十二个字的邮件结束了我们三年的感情。尽管她跑出去周游欧洲一个月没有消息。

我永远记得，她在邮件里说："对不起，我们的生活越来越远……"

而我，那天一路流着眼泪回家，在微博上写：

"我早知道会有这么一天，但是昨天，我不知道这一天，会是今天……"

尽管如此，在我即将开始尚不明了的感情之前，我仍旧觉得我对不起她。

我知道这种感觉只有两个字可以形容。

那就是——犯贱。

可是，我其实愿意承认我为了她犯了贱。

因为我知道我总会忘记她，犯贱是不可持久的状态。

我会彻底忘了她，或许不是今天，或许不是今年，或许即便狐狸答应和我在一起，我仍旧会偶尔坐在马桶上想起她，仍旧会因为路上一个女孩的背影、声音、香味想起她。

但这些记忆是我的，这些思念也是我的。如同你忘不了自己每一个伤疤的来历一样，这是她给我的，我也应得的财富。

我想起她，是因为我已经开始了新的生活。我没有忘记她，是因为她教会了我爱一个人的能力。

我突然希望，她比我更早遇上更适合她的人。

至少一定要在她身边。

我之所以失去她，不是因为别的，只是因为，我们两个人相隔太远了。异地恋，不但心理上得不到满足，生理上也得不到满足。我不敢承认这一点，可是事实却的确如此。

亲爱的，我真心地希望你比我更早地开始新的恋爱。

就像《不会说话的爱情》里面唱的：

> 我们最后一次收割对方，从此仇深似海。你去你的未来，我去我的未来。从此我们在彼此的梦境里虚幻地徘徊，徘徊在你的未来，徘徊在我的未来，徘徊在水里火里汤里，冒着热气期待。期待更美的人到来，期待更

好的人到来，期待我们往日的灵魂附体，它重新回来，重新回来……

我虽然很难过，但是好在生活不会给你喘息的机会，就像张阿姨不会给你拖欠房租的机会一样。

一天晚上，我洗完澡从厕所出来的时候，张阿姨出现了。

看到我，张阿姨笑得特别慈祥，我刚想表示我的问候，张阿姨以迅雷不及掩耳之势地捏了一下我的脸，特别和蔼地问："侬晚饭切过伐？"

我被张阿姨捏愣了，点头，说："我……我吃过了。"

这个时候，美呆、晶晶、狐狸也闻讯出来，大家围着张阿姨献殷勤。

张阿姨看着肩带外露的晶晶，摇摇头，说："你一个小姑娘家，怎么穿这么清凉的啦？"

晶晶拉了拉肩带，只是憨笑。

张阿姨摇摇头，一头冲进厕所，嘴里还念叨着："现在的小姑娘，不像我们以前那么害臊啦。我们以前啊，连脖子都不敢露出来的哇！"

我跟三位姑娘对视，大家的表情都很萌。

我们正在想着开启什么语言系统对付唠叨的张阿姨的时候，张阿姨突然捧着废纸篓冲出来。废纸篓因为经历了每个月的那几天，正自顾自地惨不忍睹。

我们四个人瞬间石化，晶晶更是面无血色。

张阿姨像是发现了远古化石，眼睛扫过三个女孩：

"搿额物事是侬额伐？"

美呆一脸天然呆，头摇得像是拨浪鼓。

狐狸耸耸肩，表示事不关己。

只有晶晶……

晶晶咽了口唾沫，嗫嚅道："……稈是吾额。"

张阿姨失望地摇摇头，开始启动大规模杀伤武器——致命唠叨。

"你个小姑娘家，用过的这东西怎么不赶快丢出去的啦。放在这里会把墙染色的，你知道哇？"

@#￥%……&*（）*&……%￥@！#￥%#￥%%

@#￥%……&*（）*&……%￥@！#￥%#￥%%

我们陪着晶晶站在原地听张阿姨训话。

晶晶脸色由白变红，由红变紫，最后又变白了。

我知道，晶晶已经关闭了她的听觉系统，现在正处于休眠状态。

张阿姨训话完毕，将废纸篓里的废纸打包，然后义正词严地剜了晶晶一眼。

晶晶撇撇嘴，朝着我吐舌头，我忍不住笑出声来。

然后张阿姨抬起头看着我，叹了口气，跟我说："你也不要笑，这房子虽然旧了点，但当年用的可是最好的装修材料，你们知道哇？这个马桶也是全新的。厕所里的瓷砖都是我一块一块挑的，你们讲点卫生好伐？"

说完，张阿姨摇摇头，叹息："现在的小孩子啊，真是……"

我们只好用现金堵住张阿姨的嘴。

大家把现金纷纷递给张阿姨。张阿姨洗了手，开始数钱，翻来覆去地足足数了半个小时哦。全程我们只能一脸傻笑地看着张阿姨化身临时点钞机。

一个世纪以后，张阿姨终于数完了，我们站得腰背酸痛。

不接受转账的房东真是伤不起啊！

数完钱，张阿姨又开始四处巡视我们的房间，在美呆的房间清理出一大堆零食袋子，在晶晶房间清理出一大堆皱皱巴巴的纸巾，在狐狸的房间一无所获。

唯独没进我的房间，我松了口气。

送张阿姨出门，张阿姨交代了一大堆，推开门的时候，突然停住，她回过头，一脸笑意，问我："侬有QQ号伐？"

……

曾经有人送给我一句特别经典的评价，他们说我特别招中年妇女喜欢。

我一直不相信，可是那天我相信了。

我给了张阿姨我的QQ号，从此，每天早上，张阿姨都会给我发字号特别大、颜色特别艳丽的"早上好"、"中午好"、"晚上好"……

我统一使用"龇牙"的笑脸回复。

第十六章　晚上睡觉要锁门

谁也没有想到，就在我和狐狸闹不清楚的时候，我们的屋子里发生了一件“震惊中外”的事件。

我把它称为“亮亮事变”。

像所有的男朋友一样，亮亮拥有我们公寓的钥匙。我们也默认了这一点，人家要提前过上小夫妻的生活，我们怎么忍心打扰呢。长久以来，公寓里非常和谐，相安无事。

直到有一天——

亮亮和晶晶吵架了。

按理说，亮亮和晶晶吵架跟我们不会产生任何关系。

可是，这次亮亮晶晶吵架的受害者竟然是美呆，然后是我。

世界上万事万物之间，真的存在这种微妙的联系啊！

为了便于大家了解，我就将这个桥段，还原成时间轴的叙事方式。

亮亮和晶晶吵架，晶晶打了辆车就回来了，然后亮亮喝醉了酒。

亮亮喝醉了酒直接摸到我们家。

喝醉的亮亮踹开了我们的门，然后四处找厕所。

他按下门边的开关，闭着眼，正准备兴奋地制造抛物线，就好像做梦终于找到厕所一样。

突然一声尖叫打破了我们深度睡眠的宁静。

美呆躺在床上，在灯光里惊恐地看着正在制造抛物线的亮亮。

丫的，亮亮把美呆的房间当成厕所了?!

在美呆看来，这完全就是入室强奸啊！

美呆一言不发，从床边掏出一本六百多页的大字典就向着亮亮掷去。

亮亮一声惨叫——

我们闻声冲出来的时候，亮亮蜷缩在地上，双手护裆，脸上青紫一片。

而美呆缩在被子里瑟瑟发抖。

我、狐狸、晶晶都看傻了，完全没有搞清楚状况。

我们面面相觑，这……这是哪一出啊？

未经解释之前，这分明就是——

“男子凌晨入室强暴少女，遭到少女还击，当场晕厥。”

我和狐狸看着晶晶，晶晶咬着牙，冷冷地看着在地上打滚的亮亮，然后对准他的裆部，飞起一脚。

亮亮昏过去了。

第二天，亮亮酒醒，却下不了床。

经过他断断续续的叙述，我们终于听明白了事情的来龙去脉。

亮亮说完，一脸惊恐地看着晶晶，晶晶的脸色非常难看。

不管是谁的男朋友，做出这样的事情，让晶晶以后还怎么做人？

对美呆来说，恐怕以后要形成心理阴影啊！

再说，一个大男生半夜闯进黄花闺女的房间，这肯定会被打成残废的啊！

第二天晚上，美呆的爸爸出现在我们公寓里。

亮亮被晶晶叫来，却躲在晶晶房间里不敢出来。

美呆爸爸点了两根烟蹲在厨房慢慢抽完。

随后，我和亮亮被美呆爸爸请到了我的房间。

美呆爸爸一言不发，默默地关上门。我和亮亮对望一眼，亮亮全身发抖。

美呆爸爸在我床上正襟危坐，特别像是恨铁不成钢的中学校长。

我和亮亮低头站着，一瞬间似乎回到了学生时代。

就在亮亮快要昏死过去的时候，美呆爸爸终于开口："说吧，怎么回事？"

美呆爸爸语气冰冷，像是在审讯犯下重罪的犯人，我有种身在伊拉克的惶恐感。

我暗想，如果待会儿美呆爸爸从腰里掏出一把骟马刀，直接让亮亮修炼葵花宝典，我该作何反应。弄不好，我也会被牵连进去，成为林平之的师弟什么的。

你想啊，一个父亲为了保护女儿，什么事情做不出来啊！

亮亮结结巴巴地开口解释："叔叔，叔叔，我……我真喝醉了，转了两圈就……就找错了厕所……美呆……美呆她晚上睡觉怎么不锁门呢？”

美呆爸爸一脸杀气：“这么说，还是我女儿的错了？”

“不是，不是，不是。”亮亮双手乱摇，“叔叔，我真是喝醉了，完全没有自主的行为能力了……我刚反应过来，就被美呆用字典打晕了。”

亮亮一脸无辜，好像他才是受害者。

美呆爸爸挥手一斩，打断亮亮，断喝：“我就这么一个女儿，大老远跑到上海来，我就够不放心的了。（用中指指着亮亮）那，你在屋里关上门出多大动静我都不管，那是你的自由。可是你大半夜闯进我女儿的房间，做出这么不雅的行为，你想干什么？这事儿说出去要我女儿以后怎么见人？注意你的行为！要知道羞耻！八荣八耻你给我好好背背。”

亮亮听到这里，大气都不敢喘。

美呆爸爸叹了口气：“我本来要让美呆搬家的，可是她说什么也不愿意。我最疼女儿，只能听她的。好在你也没干什么，你要是干了什么……”

亮亮双手乱摇：“没有没有，绝对没有，打死我，我也不敢，叔叔，你放心，以后我……我再也不喝酒了，以后我不拿这房子的钥匙了……”

“放心？如果半夜有人闯进你女儿的房间，你能放心？”美呆爸爸脸上的杀气可以储存起来炒菜了。

亮亮嗫嚅着：“叔叔……我……我没有女儿……”

美呆爸爸断喝：“我知道！要是再发生这种事，你以后不但不会有女儿，也不会有儿子了……明白吗？”

亮亮脸色惨变，拼命点头，我也吓得骨骼肌不自主地战栗，ATP和肾上腺素迅速增多。

美呆爸爸又看着我，接着说："我听美呆说，你表现还不错，对她也有一定照顾。可是，我也得给你打个预防针，美呆毕竟是个女孩，你们这些男孩子注意一点，考虑一下我这个当爹的感受。"

我和亮亮齐声道："是！是！是！叔叔你放心，我们以后一定注意，一定注意！"

美呆爸爸叹了口气："请你们相信，一个父亲在保护女儿的时候，智商会上升一百倍，手段也会残忍一百倍。"

我和亮亮看着美呆爸爸眼中发出的杀气，瞬间被秒杀了！

美呆爸爸转身出门，我和亮亮相互搀扶了一把，几乎瘫软。

然后我对亮亮说："亮亮，你以后喝醉了，别到我们家来了，这样下去，我迟早被你玩死啊！美呆爸爸可不是凡人啊！"

亮亮有气无力地点点头："不会了，不会了，我也吓死了，再来这么两次，我要被吓破膀胱了。"

我叹了口气，说："你快去哄哄晶晶吧！你让她怎么面对美呆啊？赶紧去危机公关。"

亮亮一脸绝望，哀号："喝醉酒真是害死人啊！"

第十七章　我有了一个女孩，我就有了全世界

“亮亮事变”最终圆满解决，晶晶突然提议本周末集体出游，亮亮负责设计具体行程。

美呆和狐狸纷纷表示同意，我觉得这对于我追求狐狸是个绝好的机会，于是欣然应允。

其实现在这个时代，爱情建立的过程往往极度精简。唱两次歌，旅行两天，两个陌生人便可开始交往。从语言交流到精神交流再到身体交流，或者顺序相反，爱情就在简单的交流中逐渐被建立起来，我们想要的“感觉”也慢慢凸显。其实，大多数爱情怀疑论者，最难渡过的难关就是决定是否要开始这段感情。

尤其是我的狐狸。

尽管目前，她还不是我的女孩。但是，从我发烧她照顾我那天起，我已经把她当做我的女孩了，就好像在青春期把张曼玉当成自己的女朋友一样。

我要继续追求狐狸，不是没有依据的。

经过我的观察，我更加确信，在拒绝我之后的这段时间里，狐狸并不快乐。

如果一个女孩因为你不快乐，那么这就说明她的内心在为了你而挣扎。如果能牵动一个年轻女孩的情绪，那么你在她心中已经有了或多或少的地位。这个时候，最重要的就是要帮助她下定决心接受你，并且将你在她心中的地位努力提升。

这就好比你安慰一个正在因你而哭泣的女孩，你说别哭了别哭了，其实是希望她能哭得更厉害些。

狐狸不快乐，我也不快乐。

尤其在过节的时候，尤其在宾馆房间全满的夜晚，我总觉得自己是被世界抛弃的人。而事实上，我只是被一个人抛弃。但是，这两种感觉，其实是一样的。

我跟我的朋友说："哥过得很好，哥只是不快乐。"

"不快乐"这个词也挺好。活着，仍旧赶路，可是就是不快乐。

这种不快乐的开始是因为一个女孩，这种不快乐的结束自然也是因为一个女孩。

我本以为自己已经走出来了，已经走出了那片投射在身前的阴影。可是我知道，我虽然走出了阴影，却并没有接触到阳光的照射。

狐狸就是我的太阳，我需要她就像绿色植物需要光合作用，就像猪笼草需要苍蝇，就像屎壳郎需要……

我们都知道，植物有趋光性，而且万物生长靠太阳。

我就是一株植物，我现在正在化身植物版的夸父，我要在渴死之前追上我的太阳，也就是这个172CM、C-CUP的名叫狐狸的姑娘。

于是，我们五个人，两男三女，开着亮亮的车杀进周庄。

其实旅行最重要的并不是目的地，旅行跟爱情一样，最让人享受的是过程。

我们来到古镇周庄，这才惊讶地发现，教科书里的周庄、陈逸飞笔下的周庄，现在已经成为臭豆腐和纪念品的集聚地，浑然失去了寂寞空灵的风骨。和这个世界上大多数处女之身一样，莫名其妙地消失不见了。

一两个人去周庄是寻得桃源好避秦，一大群人去周庄就是焚琴煮鹤砍竹子了。

但不管怎么说，这是我第一次和狐狸一起旅行。我总觉得，有一个人愿意和你一起旅行，这是世界上最幸福的事，尤其这个人还是你喜欢的人。

周庄除了臭豆腐的味道之外，剩下的就是一眼望不完的人群，人挤人，人挤人，生生把一个古镇弄成了庙会。

饶是如此，我们仍旧玩得很开心。

大家都放得很开，似乎谁都没有不开心的往事。

亮亮晶晶一路上接吻秀恩爱，美呆端着相机一路狂拍，努力把眼睛所能看到的风景都捕捉到相机里去。

狐狸袖着手，倾国倾城地走着，偶尔回过头来跟我说两句话。我全程眼睛都在狐狸身上。我像是一个误入仙境的观光客，看着狐狸觉得哪里都新鲜。

狐狸走在桥上，走在古镇里，竟然和这里的老房子浑然一体。她的背影娇小，却故意显示落拓。

她整个人身上都藏着似有似无的哀伤，好像一碰就能蹦出三天三夜也说不完的故事。

有故事的女人就像有嫦娥的月亮，不只是外表好看，内容更加迷人。

晚上我们吃过渔家宴，开了两间房。我和亮亮一间，三个女孩挤在另外一间。

我们玩杀人游戏玩到很晚，亮亮在被杀死了几十次后终于崩溃，手脚开始不老实地摸索晶晶。晶晶愠怒地推开他的手……

晚上十二点，我和亮亮回到房间。

我躺上床，想着狐狸今天的一颦一笑，开始花痴。

亮亮一脸憨笑地凑过来，我转过头，警惕地看着亮亮。

亮亮一脸媚笑，讨好说："哥，求一件事儿呗。"

"啥事？"我看着亮亮，心想，他要是提出什么非人的要求，我当场就会打残他。

亮亮看起来特别不好意思，他一脸歉然，嗫嚅道："哥，你能不能……先出去溜达溜达，我跟晶晶说好了，她一会儿就过来……完事儿我给你电话……你看……"

你大爷！

最终，看在亮亮答应送我正版《使命召唤》的份儿上，我只好跑出去溜达。

夜晚的周庄，人都散去了，还是很美的。

我们都在水泥墙里住太久了，不接地气，所以老是活得那么累。我看着远处的灯火，心里突然很平静，闭上眼睛享受片刻的安宁。

这个时候，估计晶晶和亮亮已经开始你攻我守了吧！

战场上，炮火喧天，惨不忍睹。

据我对他们的了解，一旦到了一个新环境，他们肯定忍不住要大战一场。

而我这个处于和平年代的军人，只好望洋兴叹。

“这么晚了，你出来喂蚊子？”

我一扭头，狐狸披着一件薄外套，俏生生地站在我身后。

我讪笑，说：“亮亮晶晶在摩擦运动呢。”

狐狸耸耸肩，不说话。

“你怎么出来了？”

“换地方我睡不着，美呆睡了，我出来溜达溜达。”

“那一起走走吧？”

“好啊！”

我俩一前一后走在周庄的夜色里，很自然，就好像很多年前，我们就一起在晚上散过步。

“你同学的事……对不起。”狐狸突然说了这么一句，语气里却丝毫没有对不起的意思。

我竟然有点慌，连忙摇头：“没事，没事。”

这都是上个世纪的事情了，狐狸突然提起来，我一时间没有反应过来。

狐狸咯咯娇笑，随即又严肃起来：“不过你那样不好。”

“哪样？”我忍不住有些气闷。

狐狸义正词严：“就是只要是穿裙子的到了你房里，你都不放过啊。”

我有些恼怒：“我靠啊，那张阿姨也穿裙子啊，我对她做什么了吗我？”

狐狸又说：“你别闹，你现在年轻感觉不到，但是你得为你的孩子着想。”

我愣了：“这事儿跟我的孩子有什么关系？”

狐狸说：“你年轻的时候不老实，精子质量会下降的啊！”

“啥？真的？”我听了心里竟然一阵发慌。

狐狸认真地点点头。

我咽了口唾沫，和一姑娘讨论这个话题总是觉得怪怪的，尤其这个姑娘还是狐狸。

我越来越摸不透她。

我低头想了一会儿，抬起头问：“狐狸，那天晚上……你的行为……其实我到现在还没有想通。你看啊，有一个马桶，好心来给你坐，你却不想坐。不想坐也就算了，别人来坐吧，你又跟人家抢……”

我说完才发现这个比喻不太恰当。

但是狐狸却没有笑，她看了我一眼，特别怜悯地说：“我就是不想让你作践自己，也不想让你作践别人。”

我没理解：“可是……可是这种事两厢情愿，怎么能算是作践呢？”

狐狸摇摇头：“所有的男人都这么说，其实就是为了自己的禽兽行径找冠冕堂皇的理由。”

我不能同意，反驳道：“那我问你，你认为两个人上床，到底是男孩上了女孩，还是女孩上了男孩呢？”

狐狸讶异地看了我一眼：“当然是男孩上了女孩了，这还用问？”

“为什么？为什么？”

“你想想，有人拿根硬管子捅你肚子，你说谁是攻谁是守？”

……

“你再想想，你们完事儿了一拍屁股走人，我们还得担心这个月大姨妈光顾不光顾，你说是谁上了谁？”

我哑口无言，狐狸说得——好像很对。

而我此前一直以为，上床都是相互的，是两个人的动作。激情是相互交换的，责任也是相互交换。而且，现在有了杜蕾斯这种可爱的中介，一切道德层面上的问题都不再是问题了，医学上的风险也降到最低。

可是狐狸这样一说，我突然觉得我此前关于上床这件事的所有理论，都是不成立的。不但不成立，而且有些是故意为自己寻找道德支撑点，就好像你考试没考好，总是想看到同桌考得更差一样。

狐狸用深入浅出的语言，改变了我对爱与性的态度。

我们俩继续走，我突然觉得，这是个很好的机会。

我只是想告诉狐狸，我想谈恋爱了，和她……

我说：“狐狸，你……还能接受我吗？”

狐狸一愣，低下头，这一刻我似乎听到了世界崩裂的声音。

狐狸如果再次拒绝我，我是否还有勇气第三次向她表白？

良久，狐狸再次抬起头来，她看着我说：“你是个简单的人，不适合太复杂的情感。虽然平常看起来油腔滑调，但是内心特别脆弱，承受能力也差。我……恐怕不适合你。”

狐狸说这几句话的时候，虽然努力使自己的声音显得平静，但是我仍旧能听出其中的颤音。那种颤音暴露了狐狸紧张的情绪。

我凝视她，深呼吸，说道：“狐狸，每个插座都在等待一个插头，插头和插座原本就应该是一对。没有插头的插座是悲哀的，没有插座的插头也是孤独的。现在，一个天生就适合你的插头锃光瓦亮地站在你面前，你真的要视而不见吗？你不想用爱情为生活供电了？没有电就没有光明，只有有了电，路灯才能点亮，电影才能开播，霓虹才能闪烁啊！狐狸。”

狐狸仰起头，侧脸美极了，她没说话，沉默，意味深长地沉默。

我再次深呼吸："狐狸，我不瞒你，我第一眼见你就喜欢你，是因为你的身材、你的长相。可是接下来，我看到你更多的特质，你的善良、你的睿智、你的敏感。再接下来，我想看你的心，想看你外表下更深入的东西。可是，你的门关得太紧了，你这样，不但我进不去，未来谁都进不去。别人进不去，你就出不来，你明白我的意思吗？"

狐狸看着我，咬着牙，突然间泪眼盈盈，身子发着抖。

她的肩膀真单薄，单薄得让人心疼。

我终于问出我一直想问的一句话："狐狸，我们能一起犯二、一起卖萌、一起上下班、一起吃大排档、一起旅行、一起起床吗？我们能像两条上岸的鱼一样相濡以沫、相依为命吗？我们能床头吵架床尾和，夫妻没有隔夜仇吗？"

狐狸沉默了好久，终于抬起头看着我。她还没有说话，眼睛里的泉眼却已经打开，眼泪汩汩地冒出来，像是传说中东海里那颗事关天下苍生的泉眼。

我看着狐狸，心想：即便狐狸最终没有答应我，我也觉得满足了。女孩最致命的武器就是她的眼泪，她的眼泪能够溶解这个星球上所有的物质存在形式、精神存在形式。

女人泪也是情人泪。

我能得到狐狸这么多眼泪，突然觉得很知足了。

我想伸出手去拍拍狐狸的肩膀，就像老朋友一样，问她："Why you so shy？"

我看着她，觉得世界待我不薄，虽然我的小不点离开了我，可是我更加真切地学会了如何去更好地爱一个人。

我伸出手，还没有碰到狐狸的肩膀，狐狸突然抬起头看着我，眼睛里藏着这个星球上所有的眼泪。她吹气如兰，只说了一个字。

她说：“好。”

一个我喜欢的女孩对我说“好”，就像一个我喜欢的女孩对我说“我们分手吧”一样刻骨铭心。

这个女孩是狐狸啊！是我梦寐以求的最佳情人，是我心目中最为合适的一种生活方式，是我的梦想，是我的全部。

我看着狐狸，泪流满面。

她对我说好，这究竟代表着什么呢？从此之后，我是不是就再也不用一个人吃晚饭了？我是不是再也不用一个人站在窗边看日落了？我是不是再也不用因为一个节日而难过一整夜了？我是不是再也不用因为小不点的一个状态一条微博而胡思乱想、自我折磨了？

是的！

我真的很害怕一个人。睡前没有人说晚安，醒来没有人亲吻，炒了一桌子菜却没有人赞美。

我虽然从来不说，可是我比谁都害怕这种没有回应的生活。

从此以后，我真的要走出这样的魔障了吗？

我真的不用再一个人逛书店，泡图书馆，吃晚饭了吗？

我几乎不敢相信。我不敢相信，狐狸就在这样一个夜晚，跟我说“好”。

我十八岁之后，只大哭过三次。

一次是初恋女友在高考前一天晚上劈腿。

一次是小不点去巴黎之后跟我说分手。

一次就是现在，狐狸针对我提出的“能做我女朋友吗”跟我说“好”。

我抱着狐狸，就像抱着全世界，心中那个一直空虚的巨大峡谷，如今终于要被排山倒海的爱填满了。

我抱着狐狸，抬头看天上的星星。或许，我的前女友，我曾经最爱的姑娘，此刻也正抬头看着星星。

我想跟她说："再见了，我曾经最爱的人，再见了。"

我说过，如果我比你先找到，我想对你说，对不起，我不能再爱你了。

因为这份爱我要包裹起来，重新加热，重新充血，尽我最大的可能增加它的热度。我要将它给另外一个人，我要给这个愿意和我一起面对险恶人生的女孩了。

请原谅我，比你先找到她，请原谅我！

狐狸缩在我的怀里。我抱着她，两个人从来没有贴得这样近。

我抬起头，天空中，今晚的月亮比平时都要大，都要美。

我有了一个女孩，我就有了全世界。

我和狐狸开始接吻，狐狸的嘴唇尝起来像是将要融化的棒冰。

我们拥抱着，亲吻着，我还能尝到狐狸脸上带着体温的眼泪的味道，是甜的，是咸的，也带着一点苦。

这些苦味，也许就是狐狸一直不肯告诉我的故事吧！

请允许我花一点文字来描写狐狸。

此前，我对狐狸的描写仅仅限于她的身材。

而现在，我抱着她，我觉得真正地触碰到了她的灵魂。

我不知道她到底受了什么伤，我只是能感到她内心深处的惊悸，像是一只幼小的兽无可归依。

人们都说，年轻人都是为赋新词强说愁的，所谓的伤都是冠冕堂皇和自我夸大的。

可是，我这样抱着狐狸的时候却觉得，狐狸的伤要比她的年龄更久，更长。

我突然意识到，其实我并不需要知道她的过去，我只希望拥有她的未来。

狐狸身上有座房子，房子里住着狐狸的心事，她把这些心事藏起来，不足为外人道。

狐狸的腰，纤细，带着凉薄的冷，像是初春的井水，不凛冽，却能瞬间让人清醒。

狐狸的腿，挺直，紧绷，支撑着她伤痕累累的身子，带着她从杭州一路走走停停，来到上海，去到更远的地方。

狐狸的手凉，即便她把手放在我肩膀上，我仍旧能感觉到那种冰凉。

狐狸的手凉，不是因为末梢神经循环不好，狐狸只是——太久没有被人牵过手了吧！

所以，狐狸手心对温度的感知，似乎变弱了、不敏感了。我想：一个人如果单身太久，是不是也变得不柔软不温暖了呢？手就会变得很凉？

不管怎么样，从此以后，我要为狐狸暖手了。

我仍旧不敢确信，她——以后就是我的女朋友了吗？我可以正式以“女朋友”这样的称谓把她介绍给我的家人和朋友了吗？

对我来说，幸福来得太突然，就好像突然给了一个乞丐六合彩大奖一样。

我不再去胡思乱想，我只是格外珍惜和她拥抱接吻的机会，我不再像以前那样急不可耐。

我慢慢地，经过狐狸身上触手可及的那些山水。

我第一次见到狐狸时，她的胸扎了我的眼。如今，它们终于扎到了我的手。

世界上最柔软的可触及的地方是哪里呢？为什么每个男人对于胸前四两如此着迷？

现在我知道答案了，因为那里是最接近女孩心里的地方。

那是每个女孩决定接纳你的必经之路，没有荆棘，没有坎坷，只有温热和柔软。

那是一个女孩能给予你的，最坦诚的、最善良的途中相见。

作为一个男人，我们最终要抵达的地方，永远只是一个女孩的心里……

每个女人都渴望拥有一把专属于自己的钥匙，从此一把钥匙只能开一把锁。

我不知道谁说得对，但是在这个夜晚，我可以打开狐狸的心锁。

我高兴极了。

我们生下来，就开始努力去寻找，寻找一个可以听得懂自己的人，寻找一个冬天里可以在雪地里我背你，你背我的人。

中学，我们为了送心爱的女孩回家，可以在冬夜里骑着自行车来回几十公里。

大学，我们开始蓬勃热烈的爱情，荷尔蒙和激素分泌过剩，互相疼惜，又彼此恶意中伤，谁也不肯谦让。

工作了，我们越来越坚硬，对一切都有所怀疑，爱情成为非必需品，所有你来我往都是等价交换。

这样太累了！

大多数时候，我们只是需要一个可以熬夜说话而不觉得厌烦的人。

“过了爱做梦的年纪，轰轰烈烈不如平静。”

我抱着狐狸的时候，I got inner peace 。

遇见你，像是大旱三季的庄稼遇见倾盆而下的雨水。

遇见你，像还俗的大和尚遇上村东头的李寡妇。

遇见你，我终于可以放下所有防备，与你在任何地方拥抱、亲吻，旁若无人。

我有个预感，此后的很多年，我想起现在这样拥吻着狐狸，半夜一定会笑醒的。

深夜的周庄，外面几乎空无一人，这是个特别幸福的时间段。

这个世界上，还有什么能比得上和自己喜欢的人在深夜的月光底下拥抱接吻呢？

我的手在狐狸身上跋涉，我的吻在狐狸脸上探寻，她的眼泪此刻就是陈酿。

手终于要从狐狸肚脐往下移动的时候，狐狸突然一把抓住我。我能从她手上的力量感知到狐狸的态度。

她用这种力量告诉我——不行。

我咬着狐狸的嘴唇，手上试探，试图减轻那种拒绝的力量感。

可是没有。

狐狸咬着我的嘴唇，摇头，眼泪再一次湿了我的脸。

我全身一震，狐狸的眼泪泼醒了我。

我这是怎么了？怎么女孩要跟你接个吻，你就认为人家要以身相许了呢？我之前有两次机会都不肯对狐狸做她不愿意做的事，现在我这是怎么了？

这个女孩……这个女孩是我喜欢的女孩啊！我喜欢的不是她的某一部分，我喜欢的是她的全部啊！

我的手停下来，充满歉意地抱住她。

狐狸感受到我突然的冷静，似乎松了一口气。她凑在我耳边呼吸，我耳朵痒痒的。狐狸趴在我的肩膀上，安静极了。

我就这样吻着狐狸，往事涌上来，眼泪涌上来，爱意涌上来。

那种感觉如同抽空灵魂，如同两口深井都被汲干了水。

原来，灵魂只需要一个人的爱和一个微小的出口，就可以贴得极近。

谢谢你，狐狸。

我不知道这算不算是动情，但是这个晚上，我觉得我无比接近你的心，我不再是一个人了。

村上春树说得对："对相爱的人来说，对方的心才是最好的房子。"

从此以后，我可以安眠了。

就在这个时候，我突然觉得腿碰上了什么，低头一看，一只京巴正在蹭我和狐狸的腿，一边蹭一边虎视眈眈地看着我。

狐狸大叫一声，抽身出来，往后一退。

我正享受着这样百年一遇的温存，此时禁不住心里一阵火大，抬脚去踢那只坏我好事的狗，却被狐狸拦住："你干啥，人家又不知道我们在干吗。"

……

我突然想，难道是我和狐狸亲热的时候，散发出什么独特的化学物质了？不然这只狗哪里来的？

狐狸一脸“不赖我啊”的表情看着我，摊手表示无辜。

我叹了口气，只好提前结束拥抱接吻仪式。

这个周庄里再平常不过的夜晚，狐狸正式宣布成为我的女孩。

My girl!

嗨，你们好，这是我女朋友!

太有成就感了。

感谢周庄，感谢夜晚的周庄!

各自回到房间，亮亮贴在床上睡得不成人形。

我躺上床，心里不断提醒自己，就像《小王子》里说的：千万不要忘记，你要永远为你驯化的东西负责，你要为你的玫瑰负责，你要为你的狐狸负责……

我闭上眼睛，一觉睡到天大亮。

第十八章　好姑娘使用手册

我和狐狸正式开始恋爱，我把周庄晚上发生的事，当做是我们开始恋爱的仪式。

谁能想到，我们之间竟然这样理所应当地开始了呢？

还是，只是我一个人觉得我们已经开始了？我不免有些惊恐地想。

被幸福砸晕的人也不在少数，所以我并不敢真的确信。

当天晚上，我突然间意识到一个很严重的问题。

我和狐狸似乎错过了恋爱中最美好的时期——暧昧期。

什么是暧昧呢？

暧昧是一种状态，文雅一点说，就是人生若只如初见。你看到的，你听到的，全都是她最美好的部分。你会迷恋她的每一个器官，从脸蛋儿到睫毛，从嘴唇到牙齿，甚至是胳膊上的一颗痣，手指甲上的一弯月牙。在情人眼里，这些都是很诗意的。

在这种状态里，彼此都不确定，故意疏远是为了慢慢靠近，紧张地试探着，每一步靠近都小心翼翼，每一次亲密都欣喜若狂。

暧昧是恋爱中最美好的部分。

据说因为暧昧而产生的心跳远远高于身体交流。

我正为错过了和狐狸的“暧昧”而遗憾的时候，突然发现暧昧还有一个定义，那就是——

暧昧=爱日未日。

如果这个公式成立的话，那我和狐狸其实还是有机会重温一下这种感觉的。

我开始把狐狸介绍给我的朋友。

姑娘们，如果你们的男朋友真的喜欢你，他一定会迫不及待地把你介绍给他的朋友。

这是人性，这是虚荣心，这是满足感。

这是向世界庄严宣告：我找到了我爱的人，从此不再是单身，从此为爱情加冕。

如果他不愿意带你去见他的朋友，只有三种可能：

第一，他只当你是炮友。伍迪•艾伦怎么说的？“免费的性才是最贵的。”

第二，他需要更确定，确定你爱他，他也爱你。昭告天下需要极为确定的爱情。

第三，请参见第一条。

所以说，我把狐狸介绍给我的朋友时，我获得了一种特别巨大的满足感。

这当然不仅仅是向别人宣告我有了归属，最重要的是，我要让全世界的人都知道，我这颗被别人丢下的心，一路磕磕绊绊、伤痕累累之后，终于找到了一个温暖的庇护。在这个险恶的大城市，累了，我可以趴在她肚子上，听她肚子里咕咕叫的声音。困了，我可以靠在她腿上，把它们压麻，然后毫无顾忌地沉沉睡去。我可以带她去我最爱的路边摊，最常去的图书馆，让她帮我给妈妈挑选生日礼物。

她能给我的不是两间房子，一个甬道，而是一个我期盼已久的更完美的自己。

于是我开始想：对一个男孩来说，姑娘到底是什么呢？十八岁真的给了你一个姑娘，你或许需要一个使用手册。

是好姑娘使用手册。

简单来说，姑娘是一个入口。

入口藏在遥远的世外仙姝寂寞林，入口背后是一整个我们从未到过的世界。

我突然发现，《桃花源记》实在太深刻了，陶渊明简直就是大师。

> 缘溪行，忘路之远近。忽逢桃花林，夹岸数百步，中无杂树，芳草鲜美，落英缤纷……
>
> 林尽水源，便得一山，山有小口，仿佛若有光。
>
> 便舍船从口入，初极狭，才通人。复行数十步，豁然开朗……
>
> 此中人语云："不足为外人道也。"

这不就是姑娘们在那个美好的夜晚之后，最常说的话吗？

姑娘就是桃花源。

我们就是那个偶然发现了桃花源的打鱼人。

多么希望，就在桃花源里长长久久地居住下去，不知有汉，无论魏晋。

姑娘是一块玉。

玉需要盘，需要接触皮肤，接触你的温度，需要血脉交融。

经过几年甚至十几年的盘玉，姑娘融入了你的血脉。

你们两个成为一个，呼吸频率一样，疼痛也一样，对这个世界的感知也一样。

古人有佩玉的习惯。

如今，姑娘就是我们的玉。

这块玉，没有任何杂质。她专属于一个人的同时，也希望对这个人宣布所有权。

她化身为一块玉，陪着你的前半生，然后生下孩子，延续你的后半世。

这就是我们所遇上的姑娘。

颜如玉，说的应该是这个意思吧！

姑娘是一种体验。

就像iphone是一种体验一样。

姑娘能给你什么？

姑娘能给你温暖，在每一个最冷的冬天，在没有生火的陋室，在《冰与火之歌》里长达数年的凛冬。

很多时候，我们之所以感到温暖，是因为我们能给她们温暖。

姑娘是一座灯塔，能给你方向。她手所指的，就是我们这艘游轮前进的方向。

即便你回家再晚，她都会开着灯等着你，说声“你回来啦，给你下碗面”。

姑娘就是我们奋斗的全部理由。

我承认，我并没有完全忘记前女友。

我只是把原来给她的爱，默默转移到狐狸身上了。也许你们会诟病，觉得这种说法很可耻。

可是，你们知道吗?

爱情其实是守恒的。这就是爱情能量守恒定律，跟物理学里的动能定理一样。

不必虚伪，我们爱一个人的能量是恒定的，给了一个人，就不能再给另一个人。

从生物学角度，一个成年男性一生中大约可以制造3.8万亿颗精子。

或许，一个成年男性所具有的爱的能量与精子数量成正比吧？

这些能量不生不灭，只能转换存在形式，就好像雨雪冰霜，它们只是存在的形式不同。

这些爱的能量会从一个姑娘转移到另一个姑娘身上，使得爱情得以延续，这不可耻。

姑娘们，请珍惜这样的爱。

请珍惜一个男孩倾注给你们的这样深沉的爱。

当你成为他最爱的女孩，他愿意把终生的3.8万亿颗精子全部送给你。

请收下这样的大礼。

同居的生活开始更加美好起来。

不过，我和狐狸仍旧是一人一间房。

我们继承了亮亮晶晶对于恋爱的态度。周末约会，其他时间各自上班。

只是有时候，我会在狐狸的房间里多玩一会儿，挨到深夜再爬回去睡觉。

我们谈论爱情，谈论所有生活琐事，即便是言不及义仍旧不觉厌烦。

《恋爱症候群》里怎么唱的来着？

关于爱情，没有人能够免疫。所以才那么令人着迷啊。

我爱一个人的能量，终于又回来了。我只是想，对她好一点，再对她好一点。

跟同事说起狐狸的时候，我惊讶地发现，我不再直呼她的名字，而是改为——“她”。

我们都有这种感觉吧？

当你对一个人的称谓从那个谁谁谁，变成名字，再变成“哎”、“她”、“他”，那么这个人，就开始走进你的生命了。

她。

世界上最美好的第三人称。

刘半农为汉语贡献了一个最美丽的字。

可惜“妳”这个繁体字没有在简体里普及。

不然，世界上最深情的汉字又多了一个。

第十九章　饭在锅里，我在床上

在我和狐狸相爱弥笃、如胶似漆的时候，我们又一次迎来了张阿姨。

这次，张阿姨一进门脸上就挂着泪，一边哭一边拉着狐狸的手倾诉。那一瞬间，我甚至误以为狐狸就是张阿姨的女儿，而我征服了房东的女儿，从此以后就不用交房租了。靠啊，我太伟大了我！

好吧，其实，张阿姨这次来是因为她和老公吵架了。

一气之下她决定离家出走。

一个女房东和老公吵架，然后跑到房客家来诉苦。

我真不知道张阿姨是怎么想的。

张阿姨喋喋不休地倾诉了一个多小时之后，终于倾尽了心中的愤懑和委屈。

大致的战斗经过就是：他们买了一条鱼，张阿姨要红烧，张阿姨老公非要清蒸。在这样一个问题上，老两口爆发了这辈子以来最激烈的一次争吵。

张阿姨的老公说了几句狠话，一向习惯慈禧太后范儿的女王张阿姨，怎么受得了这样的冒犯？她一时悲从中来，觉得世界末日到了，玛雅人在哈哈大笑。一怒之下，张阿姨甩给老公一个决绝的身影，转身离家出走。

张阿姨大概花了三千字，详细描述了她老公说过的每一句话。我和狐狸听得目瞪口呆，能把家长里短过成宫斗戏，张阿姨大有做编剧的潜质。

终于说完了，她非常哀怨地看着狐狸，特别娇羞地说："姑娘，我能在这里睡一晚上伐？"

狐狸张了张嘴，看了我一眼，呆呆地说："嗯……当然当然，这是您的房子嘛。"

你怎么能拒绝房东要在你租的房子里睡一晚的请求呢？

我们商量了一下，最终决定，让张阿姨睡我房间，我睡客厅沙发。

客厅沙发总是给男人一种特别的凄凉感、愤懑感，要知道，不是被老婆赶出卧室，谁闲得没事儿睡沙发啊？

我从来没觉得沙发这么硬，沙发只适合屁股。要是沙发能睡觉，人家双人床是吃素的吗？再说，我女朋友就在她闺房里的双人床上小怜玉体横陈夜呢。我凭什么就要在硬沙发上垂死病中惊坐起呢？谁受得了这个啊？

我翻来覆去难以成眠，满脑子都是张阿姨在糟蹋我的床。

第三百八十九次翻身之后，我终于忍不住跳下沙发，偷偷摸到狐狸房间，一个鲤鱼跃龙门，跳上狐狸的床，死乞白赖地要和狐狸睡。

狐狸迷迷糊糊，坚决不从，用尽全身力气把我往床下推。可是在我眼里，这些都成了欲迎还拒的最佳女人姿态。我又蹭又喵，无所不用其极。最后，狐狸叹了口气，终于放弃抵抗，开始跟我讲道理。狐狸说：“我裸睡呢，你先出去，等我穿好衣服你再进来。”

我继续卖萌耍赖，狐狸不为所动：“赶紧地，不然就滚回客厅去！”

我无奈，只好出来嘘嘘，然后迫不及待地回到狐狸房间。

狐狸竟然穿上了又长又肥的睡衣。

我当时就诅咒了这种睡衣的生产厂家，顺便问候了他们的祖先。我无限哀怨地在狐狸耳边抱怨：“你……穿这么多睡觉多难受啊？”

狐狸哼了一声：“废话，要不是你非要过来闹，我能这么难受？”

我连忙说：“哎呀，我又不碰你，大家各睡各的，相安无事嘛。”

狐狸嗤之以鼻：“你当我傻啊？你能老实？就算你老实，小王子能老实？”

我哑口无言。

随后，我终于躺进了狐狸的被窝。

《围城》里说，睡觉叫“黑甜乡”，在女朋友被窝里睡觉真的又甜又香。我不禁慨叹，你说也怪了啊，同样的纤维制品，为什么一旦跟女孩扯上关系就变得这么美好了呢？

狐狸的被窝可香了，我几乎要晕倒在床单上。

被窝是青春的坟墓，说的原来是这个意思啊。照这么说，女朋友的被窝就是男朋友的坟墓啊！

我和狐狸挣扎了半天，狐狸坚持认为，还是背对着我睡比较安全。

好吧，即便是背影我也坦然接受。只要让我睡在这儿，做一宿俯卧撑我都不带喘粗气的。

我抱着狐狸，觉得这个晚上安静得出奇。

安全感这种东西我以前都觉得虚无缥缈，是文艺青年拿来装柔弱装娇嫩的官方用语。可是这个晚上，我却踏踏实实地接触到这种安全感。

应该怎么描述呢？

就好像你有了一个女孩，然后这个女孩永远都不会离开你。无论你赶了多远的路，只要回过头，她就在你身后跷着脚对着你笑。白天你牵着她的手，晚上你搂着她的腰。她走在你右边，风经过她的发梢。她睡在你怀里，沉默如呼吸。

我靠啊，真是美死了。

我贴着狐狸的背，呼吸着她的呼吸，安然睡去。

不知过了多久，正当我一头扎进香软的梦里，狐狸突然转过身，轻轻地打了我一巴掌。

我迷迷糊糊，浑然不解："干啥啊你？"

狐狸抄起我的胳膊，猛地咬了一口，我差点叫出声来："干啥呀你，很疼的，梦见吃肘子了？"

狐狸声音非常严肃："我做梦被人用手枪指着，说不许动。"

"这跟我有啥关系？"我抗议道。

狐狸猛地用膝盖顶了我一下："你说为什么？你说为什么？"

我反应了一会儿，恍然大悟，叹气道："你说这事儿能怪我吗？男人最讲义气了，多少男人为了他们小兄弟的错误挨枪子签账单啊！”

狐狸跳起来拼命地摇晃我，接下来，冲突上升为枕头大战。

没有硝烟的战争，我和狐狸都尽量憋着不出声。

最终，我圈住狐狸的胳膊，制伏了她。

狐狸服软，又好气又好笑：“别闹了，张阿姨还在呢……多不好……”

我气喘：“你也知道张阿姨在呢啊？你刚才咬我的时候怎么不说张阿姨在啊？”

狐狸求饶：“我错了，英雄，我们快点睡觉吧！多晚了都。”

我贴着狐狸的背，咬着她的脖颈，问：“狐狸，你为什么就不让我……”

狐狸摇摇头：“你别闹，我不想太快。”

“不快啊，这还快，你难道要等到五十岁岁绝经了才跟我好啊？”

“怎么不快？这还不快？别得寸进尺啊，我觉得我已经很善待你了。我告诉你，时机不到，你想也没用。”

“那什么时候才是时候呢？我必须要有个期限。”我毫不退缩。

“等着吧，命里有时终须有。”狐狸轻声唱了出来。

我下巴几乎掉在床上。

狐狸你为什么要把一个简单的问题变成哲学问题，然后又变成宿命论呢？

只要工夫深，铁杵磨成针。

精诚所至，金石为开。

我和狐狸特别纯洁地睡了一晚上。抱着狐狸的时候，我觉得世界就在我怀里。

狐狸身上有山水，我就是一叶终于返程的渡船。

早上起来，我赖在床上不肯起，狐狸洗完脸，已经在厨房里煎蛋了。

她端着被煎得粉身碎骨的鸡蛋进来，小声跟我说："张阿姨好像也还没起来。"

我突然觉得有点对不起我的床。

我看着狐狸，阳光照进来映在狐狸脸上，这个场景太温暖了。一觉醒来，阳光和爱人都在。要是每个早上都这样，该有多好！

狐狸笑得熏人，全身都散发出人妻气质。

我说："狐狸啊，你知道男人最大的两个梦想是什么吗？"

"是什么呀？"狐狸眨着眼睛问我。

我说："就是早上起来，赖在床上，吃女朋友的煎蛋，然后……"

"去。"狐狸打了我一下，啐道，"想得美。"

我说："狐狸，你看啊，昨晚上我没碰你吧？早上起来是不是该来点福利呢？"

狐狸面露难色："别闹了行不？你还没刷牙呢？"

我摇头，说："我好累，我是起床困难户，需要政府救济，你就是我的政府。"

狐狸特别严肃地摇摇头："不行呢。"

我撒泼打滚耍赖卖萌。

狐狸忍无可忍，一把掀开我的被子，猛地跳上来把我按在床上。很快，我被狐狸当成了擒拿术的陪练对象。

"服不服？"狐狸像个战胜对手的角斗士。

我疼得泪眼盈盈，连忙讨饶："服了服了……"

狐狸傲然一笑，松开我，我逮住机会，一个鹞子翻身，把狐狸压在我身下。

狐狸看着我，我看着她。

当女朋友躺在床上，以这样一种被征服并且放弃抵抗的眼神看着你时，你想不变身禽兽都难。

我跟狐狸深情对视，狐狸的胸口一起一伏，像是一个呼之欲出的真相。

对于我来说，从此以后的每一天，世界都美好到无以复加。

就在这时，张阿姨突然推开门，探头进来："能不能借我条毛巾哇？"

我跨在狐狸身上，双手支撑身体。

张阿姨直面此景，下巴砰的一声摔到了地上。

三十秒之后，我和狐狸系统重启中，张阿姨默默地带上门，退了出去。

好不容易挨到张阿姨离开，我冲到我的房间，发现房间被打扫得一干二净。

干净得连我脱下来的袜子都不知道该放哪里。

于是我更加恐慌和愧疚。

不管怎么说，让房东看到这样的骑乘式场景都是不太好的。

我和狐狸心事重重地蹲在她房间看电视，好像是被房东抓奸在床的房客似的。

可我们还什么都没干呢？

冤枉死了！

出乎我们的意料，到了下午，张阿姨再次出现，她背着一个黑色的背包，一进门就冲我笑。我被这样不明就里的笑容弄得胆战心惊。

张阿姨看了狐狸一眼，就拍拍我的肩膀，径直进了我的房间。我看了狐狸一眼，狐狸一脸坏笑。我耸耸肩，只好跟进去。

张阿姨看了我一眼，然后转身关上门。

那一刻，我下意识地做了一个足球守门员的动作。

张阿姨仍旧美艳如斯地看着我，就在我要被看得大小便失禁时，张阿姨慢慢打开她的黑色背包，将里面的东西哗啦啦全倒在我床上。

我低头一看，张阿姨带来的竟然是一大堆盒装的安全套。

赤橙黄绿青蓝紫……

我目瞪口呆："张阿姨，你这是要闹哪样？"

张阿姨笑得竟然很调皮："这些都是居委会发的，每家每户发一大堆。我们又用不着，送给女儿吧，又不合适，扔了更可惜。想了半天，就拿来给你了。"

我张大了口，实在不知道该怎么接话。

张阿姨站起身来，拍拍我的肩膀，特别慈祥地说："用完了跟阿姨说。"说完，转身出门。我一个人面对着一床的安全套，不知身在何地。

遇到这样细致入微的房东，你就租了吧！

第二十章　美呆不高兴

我和狐狸继续着你侬我侬。

过了爱做梦的年纪，轰轰烈烈不如平静，这似乎成为我们两个人相爱的指导方针。到了第三次恋爱，我们都很难再像第一次那样蓬勃热烈。傻乎乎地整天捧着一颗心，磕磕碰碰那只能是少年时候。经历了许多爱情之后，出于动物的自我保护本能，我们都有所收敛。

可是这样一来，我们也很难去感知到对方最真实的内心。

虽然我们都发觉了这个问题，可是我和狐狸谁也没有先提出来。这就像是你跟女朋友之间，总有一些禁忌话题是不能碰的。

就像狐狸的故事，就像我的前女友。

可是，我们要了解一个人，总想了解她的过去。因为她的过去构成了她的现在，构成了这个我们所喜欢的人。一旦你决定敞开心扉去喜欢一个人，就特别想全方位立体化地了解她，了解她的生活习性，她的小癖好，她的逆鳞，她例假的日期，她内衣的颜色，她的所有，她的一切。

可是狐狸却从来不提她的过去。即便提了，也是轻描淡写地一语带过。

久而久之，我也就不再刻意去问。

多少情侣死在歇斯底里地打破砂锅问到底上，既然如此，我愿意和狐狸一起保留她的秘密。

狐狸这样的女孩天生缺乏安全感，灵魂里有令人惊悸的烫伤。所以，她需要更确定的爱情。我想，她还是需要时间，需要时间才确定，我足够爱她，她也足够爱我。

而我，作为一个男人，开始了漫长的求欢过程。

张爱玲怎么说的来着？“进入一个女人的心要通过她的……”

在通往狐狸内心的路上，我还是难免披星戴月，跋山涉水。男人总是有征服欲的，而且，男人总是不容易满足。你说是肮脏的人性也好，下半身的主导也好，到了男女确认恋爱关系、完成求偶环节之后，男性生物便开始了漫长的求欢过程。

还记得《大话西游》里紫霞仙子的盘丝洞吗？

那就是女孩的内心世界，就是我们终其一生都想要到达，并且在里面留下一滴眼泪的地方。

所以，狐狸，我亲爱的姑娘，接下来的时间里，我不是在盘丝洞，就是在通往盘丝洞的路上。

在我努力征服狐狸内心的过程中，我渐渐感觉到公寓里的气氛发生了化学变化。

其实，大部分社会群体都有一个微妙的平衡，大到一个国家，小到一个合租公寓。

显然，我跟狐狸的密切接触打破了这个平衡。

晶晶倒是没什么，她有亮亮，她有令人艳羡的周末生活。

而我和狐狸，除了在周庄那次破天荒的亲热之外，回来以后，两个人的胆子竟然都小了。

可以说环境对于男女之间的亲热和关系有重大的影响。你看我在酒吧里可以紧紧抱着狐狸而不感到尴尬，狐狸也不会觉得有什么不妥。可是，一旦回到我们的公寓，距离又开始建立起来。

这就是环境的压力。

在这种压力下，变化最明显的就是美呆。

美呆明显变得不快乐了，坐在马桶上发呆的频率逐渐增加。

如果在一个封闭的环境里，你变成独特的一个，那么也就意味着，你不合群了。

在这个房子里，美呆显然感受到了这种压力。

晚上，我在狐狸房间里，我们聊天时尽量不发出声音，以免美呆听到会感到难过。

可是，美呆下班回家的时间却越来越晚了。

有一天晚上十点多，美呆仍旧没有回来，打她电话也没人接。

我和狐狸很担心美呆出什么事，我们决定到美呆所在的设计公司去找她。

在出租车上，我们俩竟然都有一种罪恶感。

如果算一下蝴蝶效应的话，我们租在同一栋公寓里，可能是因为一个巴西人在家里煮蛋。这中间漫长的计算过程，我就不一一列举了。而蝴蝶效应的下一环，就是导致美呆情绪越来越低落。

美呆所在的写字楼，只有一层还亮着灯。亮着灯的楼层就像是美呆一个人在一片夜色里委屈地发着光。

我特别能理解这种感觉，因为就在不久之前我也是这样，一个人在这个城市里孤独地亮着。

我们坐电梯上去的过程中，谁都没有说话。虽然美呆的孤独并不是我们造成的，可是，我们仍旧觉得有些对不起美呆。

这一瞬间，我都有些错觉了，好像我从美呆身边抢走了狐狸，或者狐狸从美呆身边抢走了我。

从门口可以看到美呆的背影，她披着一件衣服，对着电脑看电影，旁边还放着一个比萨盒。

狐狸按门铃，美呆显然吓了一跳。我能看到她飞快地抽出两张纸巾，擦了擦脸，然后跑过来给我们开门。

“这么晚了，怎么还不回家？我们来接你。”

我说完这句话，突然觉得不该这样说，我不该说“我们”的，这样更显得美呆形单影只。

美呆果然被这个“我们”戳中了泪点，本来就哭过的脸，又开始吧嗒吧嗒甩着眼泪。

我慌了神，求助狐狸。狐狸责备地看了我一眼，然后也不说话，走过去拉着美呆的手，走到电脑旁边。

两个人就把我晾在一旁。

我耸耸肩，有时候女人之间的友谊特别微妙。

男人需要女人的时候，可以不去想他的哥们儿。但是女人即便有了男朋友，对她们的女朋友们还是要保持一样的热度，虽然这很难。

狐狸和美呆就一起凑在电脑前，看一部催人泪下的韩国电影。

《比悲伤更悲伤的故事》。

在这样一个悲伤的夜晚看这样悲伤的故事，美呆，这不是一个很好的决定啊。

于是，我们三个人就在美呆的公司里，一起看这个恶俗但是悲伤到无以复加的爱情电影。美呆也不说话，随着剧情吧嗒吧嗒掉眼泪，也不知道她是看哭了，还是自伤身世。

电影演完，我们下去打车的时候，已经快晚上十二点了。因为打不到车，狐狸提议我们走一走，反正也不是很远。

美呆说："好。"

路上，狐狸和美呆一路聊着，我插不上嘴，只是听。

美呆的声音听起来，沧桑又伤感。

我突然觉得这个晚上，美呆跟平常我们见到的美呆，不一样了。

这个晚上，她特别让人心疼。

美呆给我们讲了一个故事。生活永远比电视剧狗血，故事里有隐忍，有绝望，有背叛，故事里也下着瓢泼大雨。我不想具体描述这个故事。

因为这个故事对我们来讲并不新鲜，对美呆来说却足以致命。

请原谅，我不想冠冕堂皇地晾晒美呆的疼痛。

美呆的故事，比我的要惨烈。

这样的一个故事，只是听听就觉得凄惨了。真不知道这城市里，有多少带伤的年轻人。以前总觉得，这些伤口都是肤浅的。

而今天，我听着美呆说完，突然忆起往事，悲从中来。

每一个伤口，都是有来由的。

第二十一章　一篇毕业论文才能解释清楚的误会

那天晚上，狐狸和美呆彻夜长谈。

我回到房间打开电脑，无所事事，心事重重。

可能，从美呆身上，我们或多或少地都能看到自己吧？

眼看着今晚不能杀到狐狸房间了，于是我听天由命地睡下。

一直做梦，画面剪辑，荒诞，超现实，意识流，也不知道到底梦到了什么。

只有一个梦印象深刻，那就是到处找厕所。

寻隐者不遇，我猛然惊醒。

一看表，两点多，我打着哈欠，爬起来去上厕所。

厕所的门虚掩着，按照我们这栋房子的惯例，虚掩就代表里面没人。而且经过这么长时间的相处，姑娘们也基本断定我没有偷窥啊、盗撮啊之类的恶习。

所以，尽管有一个男生住在屋子里，但是厕所仍旧是安全的。最危险的地方就是最安全的地方嘛，我又不会在马桶里装摄像头和突然破门而入。

我手伸进去，找到开关开灯，按了两下却发现灯没亮，难道是停电了？

我刚要回去拿手电筒，突然听到一阵细微的哭声。

我吓了一跳，深更半夜，厕所里传来女人的哭声，这绝对不是什么好事。

“谁……谁在那里？”

我收敛尿意，肌肉蓄力，警惕地问。

那个哭声却仍在继续抽泣，哽咽，听起来特别像是含冤而死的女鬼。

我心中一惊，暗暗盘算着：如果是贞子的话，她……她该不会是从马桶里爬出来的吧？

如果那样的话，我明天又要重新洗马桶了啊。

我飞速地跑回房去开灯，发现果然停电了，然后我摸到手电筒冲到楼道里，飞快地把跳开的闸拉上。

灯光亮起，我小心翼翼地摸到厕所。

迎接贞子被水泡成面饼的脸。

厕所里，那个人脸上滴着泪，被突如其来的光亮唬住，一时间目光呆滞，但是哭泣仍旧继续着。

不是贞子，而是美呆小姐。

美呆身上只盖着一条浴巾，露着大半个肩膀，抱着膝盖蹲坐在莲蓬头下的角落里，茫然无措，一脸天然呆，在蒸腾的热气里，肩膀在一耸一耸地哭。地上一大摊水，泡着粉色的睡衣。美呆身上还有沐浴露的泡沫。

美呆看到我，竟然没有任何惊慌失措，她愣了一会儿，随即哭得更厉害了。

我愣在当地思考了足足半分钟，然后冲回自己的房间，拿来一件我的外套，走过去披在美呆身上，然后作势要扶美呆起来。

美呆哭得上气不接下气，任凭我怎么扶，却始终不肯起来。

我惊呆了，脱口问："美呆，你……这是怎么了？大晚上的……这是要闹哪样？"

美呆只是哭，声音也渐渐大了起来。

我急坏了，第一个反应是瞥了一眼美呆的房间，房间门开着，被子摊开着。

亮亮没闯进去啊。

"怎么了？你倒是说啊，你……吓着我了……"

我挺胆小的，尤其是面对没穿衣服的适龄女生。

如果美呆被什么附体了，那我是揍她还是不揍啊？

我蹲在美呆旁边，斟酌着语气："美呆，你快起来吧，这……地上多凉啊！"

美呆又哭了足足五分钟，直到我膝盖也麻了。

"美呆，你再这么哭下去，房子就要被淹了啊，我屋里也没有救生圈啊。"

美呆终于开口，断断续续地呜咽道："我……我起来洗澡，然后……洗着洗着，热水器就噼里啪啦冒火花了……然后……然后就停电了……吓死我了……哇……"

美呆放声大哭，伤心欲绝，像个丢了心爱玩具的小女孩。大半夜的，美呆的哭声听起来格外惊心。我甚至担心哭声会引来警察，更担心被熟睡中的狐狸听到。

我连忙哄她："好了好了，没事没事，可能是短路了，这是个旧热水器，线路老化了。你没伤着吧？"

美呆摇摇头。

“那就好那就好，哎？可是……大半夜的你洗什么澡啊？”我浑然不解。

美呆泪眼盈盈地看了我一眼，肩膀耸动，不说话。

我叹了口气，拍着她的肩膀：“好了好了，没事了没事了，不至于啊。”

美呆干脆趴在我肩膀上继续哭，她滴着水的胳膊上传来阵阵冰凉，身上还有沐浴露经过女孩身体后独特的香味。

我全身僵硬，心里七上八下：美呆啊美呆，你不穿衣服这样趴在我肩膀上哭，就算你胸前只有一个鼠标垫，就算你没有美腿，可是……可是你毕竟还是个小萝莉啊！你是想玩死我吗？

一瞬间，我甚至怀疑这是狐狸和美呆串通好了，要试探我忠诚度的计谋。

我收敛心神，不住地安慰美呆。

美呆哭着说着：“我……突然觉得自己好可怜，灯一下子黑了……也没有人管……我总是一个人……什么都做不好……连洗个澡也能洗跳闸……呜呜呜……”

我听到这里，心有所感。

一个人，一直一个人，什么都一个人。

没有人告诉她天冷了，该加衣服了。

一个人坐地铁，一个人吃饭，一个人玩电脑，一个人睡觉，一个人起床，一个人……

自说自话，宅男宅女，谁喜欢孤独啊，只是因为不得不孤独罢了。

我叹了口气，拍着美呆的肩膀，说：“好了，快起来吧！地上这么凉，你会生病的。”

美呆的哭声渐渐止住，她擦了擦脸，点点头，然后扶着我示意要站起来，我连忙站起来扶她。

“哎呀。”美呆身子一晃，呜咽道，“我……我大腿麻了。”

我深呼吸，看了看狐狸的房间，房门紧闭，嗯，狐狸睡觉还是比较投入的。

既然如此，那好吧！我俯下身横抱起美呆。美呆身子先是一硬，随即又软了下来。

我发热的手心接触到美呆冰凉的大腿的时候，心中一股奇特的感觉油然而生。美呆紧紧地扯着浴巾，似乎也察觉到小范围空气里的诡异。

我心跳得很快。

美呆身子很轻，估计也只有九十斤不到的样子。

其实，我一直怀疑，柳下惠是个伪道德模范。

坐怀不乱，纯属扯淡。

我全身僵硬，几乎走不动了。

我抱着美呆，从厕所到美呆房间短短的几米距离，竟然变得无比漫长。

美呆突然安静了。

她搂着我的脖子，完全放松下来，手臂上传来的冰凉，带着一种美呆身上独有的凄楚。我心里不断重复着接下来要做的事情——

送美呆回房间，给她盖好被子，然后唱首儿歌，哄她睡觉，偶尔扮演一下美呆爸爸的角色，也是出于人道主义关怀。

不能作出任何对美呆不敬的事情。

否则……

否则，美呆爸爸是不会放过我的。

我抱着美呆，经过狐狸的房间。

只要把美呆送回去，关上门，我回到自己的房间里，躺下来，世界也就安静了。

可是……

你们知道墨菲定律吗？

事情如果有变坏的可能，不管这种可能性有多小，它总会发生；

任何事都没有表面看起来的那么简单；

所有的事都会比你预计的时间长；

会出错的事总会出错；

如果你担心某种情况发生，那么它就更有可能发生。

所有戏剧冲突都可以用墨菲定律来解释。

这也是所有生活之所以比电视剧更狗血的原因。

于是，在这个晚上，我特别无私地验证了墨菲定律的准确性。

就在我抱着美呆经过狐狸房间的当口，门猛地打开了，狐狸穿着一身萌到爆的睡衣，直面抱着美呆的我。

美呆只穿着我的宽大外套，露着大腿，身上还滴着水。

而我被突如其来的凝视石化了。

狐狸直直地看着我们，原本还残留的睡意瞬间消失不见。

大概是听到美呆的哭声了吧！

我能感觉到，美呆的身子一下子僵硬了。

我也愣住了：妈的，墨菲定律也太淫荡了吧！

我死定了！

我们三个人就这样站着，我迈不动腿，美呆大脑反应机制基本已经死机，而狐狸，面色平静地站在一米开外，身上散发出一种冰冷而强大的气场。

如果气场能杀人的话，我已经被干掉无数次了。

我突然觉得，跟生活比起来，语言是多么无力啊！

然后，不知道是不是心灵感应，晶晶的房门也缓缓打开了。

晶晶穿着一件连衣裙，揉着眼睛，看到大亮的灯光，看看一脸正气的狐狸，看看扯着浴巾死机中的美呆，看看抱着美呆的我，看看地上滴下来的水……

一时间，晶晶张大了口，竟然有些恍惚了。

我率先反应过来，飞速地把美呆运到房间，放在床上，然后转身出来，轻轻地关上美呆的房门。

全程美呆已经化身为一台彻底死机的电脑。

我残留的视觉记忆里，美呆的床单上似乎有血迹。

我深呼吸，站在狐狸对面。

一旁的晶晶看看我，再看看狐狸，察觉到空气中重重的杀气。

高手对决，周围基本上是不容许有任何生物的。

晶晶默默地退回去，轻轻地关上门，把战场留给我们。

狐狸看着我，面色平静，也不说话。

我被狐狸看着，脸上的各种表情肌已经罢工，不但不敢说话，连大气也不敢喘了。我大脑却在飞速地运转着，思考怎么用简单明了又可信的话，让狐狸明白刚才发生的一切。

一句话，我预感到，我只有一句话的机会。在验证了墨菲定律之后，我又要验证金字塔原则。只有狐狸接受了我的第一句话，我才能告诉她接下来的三句话以及十六句话。

我说："狐狸……"

我只说出这两个字，然后狐狸突然展现出一个天蝎座女生最霸气的一面。

她一个耳光甩过来的同时，又用佛山无影脚踢中我，我左脸火辣辣，右腿麻麻麻，直接被打蒙了。

我眨着眼睛，原来——“我们就是爱打男朋友”的传说是真的啊。

狐狸退回房间，砰地关上门。

说实话，如果换作是我，我也接受不了这个画面。

男朋友大半夜抱着一个一丝不挂的女孩，这个女孩还是我们的室友。

这是需要一篇毕业论文才能解释清楚的误会吧？

窦娥窦娥，关汉卿关汉卿，你们快来救救我！

客厅里，只剩下我一个人。

我突然侥幸地想：哎？这不会是一场梦吧？

我拍了自己一巴掌，疼！

我彻底绝望了，这个夜晚……不是梦。

第二十二章　如何快速有效地哄女朋友

第二天，我破天荒地起了个大早，经过狐狸房门的时候都觉得脚下虚无，好像昨天晚上我真的对美呆做了什么一样。

还有什么比这种事更冤枉的吗？

明明你没有上这个姑娘，可是你女朋友却认为你上了这个姑娘。

也就是说，你做了一件你女朋友认为你已经做过的，而实际上你并没有做过的事情。

我被这里面的逻辑弄晕了。

如果按照这个逻辑继续发展的话，我应该把美呆推倒，而且即便我推倒美呆也不会有严重后果。

因为在正牌女友狐狸眼中，我是在做一件我已经做过的事情。

你看，女朋友生气的后果就是这么严重，完全可以把男朋友逼疯。

而且，狐狸过两天就要过生日了。

在女朋友生日前夕千万不能犯错误，否则，这些错误她一定会铭记一辈子。以后，一旦你们吵架，她就会特别委屈、特别无辜地翻出旧账来。你的逻辑也好、道理也好，完全比不上她一把鼻涕一把泪的哭诉。

女朋友永远是受害者。

所以，我必须在狐狸生日之前，漂亮地解决这个该死的误会。

不过接下来，事情的发展完全超乎了我的想象。

不得不叹服，命运，才是最好的编剧啊！

我心事重重地去上班。

上班的时候，为了知己知彼，我开始分析狐狸的性格。

哄女孩子这种事完全是技术活儿。

很多人对程序啊游戏啊了如指掌。

但是——

作为一个男人，最重要的技能，并不是以上这些。

而是——

如何快速有效地哄女朋友。

对于狐狸这样的女孩，你摆低姿态去哄她，并没有效果。

你不停地认错，只会让她觉得你确实犯了不可饶恕的大错。

根据狐狸的性格，我权衡再三，最后得出了结论。总结出来的对敌策略，归根结底只有八个字：置之不理，突然袭击。

置之不理，就是首先要冷却狐狸的怒火。

刚吵完架就去哄女朋友是最不明智的，这样甚至会让矛盾升级。就是说，在女朋友发怒的时候，马上认错这种事如同抱薪救火。《六国论》里怎么说的？“且夫以地事秦，譬犹抱薪救火，薪不尽，火不灭。”

古人的外交智慧我们要活学活用啊！

所以，对于此次冷战，我必须要冷却之。

经过冷却之后，然后密谋、用心，突然发动温柔攻势。

只要姿态做得好，只要节奏拿捏到位，大部分女孩对“温柔”这种东西是无法抗拒的。

小别胜新婚，床头打架是为了床尾和，这些说的都是同一个道理。

综合分析，我认为，祸兮福之所倚。也就是说，危机危机，危险的同时也藏着机遇。

如果一切处理得当，我甚至可以借这个误会，成功地实现我对狐狸的诺曼底登陆。

哈哈哈哈哈哈哈，天助我也！

于是，我制订了详细的计划，以下简称为FOX PLAN。

下面是任务具体流程。

任务：消除误会，力争推倒

时间：狐狸生日当夜

人物：我、狐狸、小王子、小狐狸

任务代号：FFFF

在此，有必要说明一下这次行动各项细节的合理性。

为什么要选在狐狸生日这天呢？

因为，根据统计学和心理学分析，成年女性生日当夜失身率高达3800%。

其实女人除了是感性动物之外，还有一个特别重要的特征——那就是各种稀奇古怪的仪式感。

相比男人的干脆直接而言，女人比较注重各种仪式。

北京话就是事儿。

你要跟她确立关系，让她承认你是她男朋友，这就需要仪式。你跟她牵手、拥抱、接吻都需要仪式，你要和她上床就更需要仪式了。

推而广之，求欢跟求婚、婚礼其实是一样的。

这都是女人需要的仪式感。

要不，上帝干吗把“求偶”、“求欢”写入了雄性动物的双螺旋结构里呢？

因此，女朋友生日当天就是仪式感最强烈的时段。

二十多年前，一个妇女生下了一个女婴。

这个女婴跟别的女婴并没有太大的区别。

她脱离母亲子宫，被割断脐带，被医生打了屁股之后便成为现如今我正在苦苦追求的狐狸。

二十多年前的这一天，狐狸来到这个世界上。

二十多年后的这一天，她将迎来她生命中最重要的一次物理运动和化学反应。

而这些化学反应的催化剂就是——

一次浪漫的二人生日晚餐。

如果再深入一点探讨，男女交往中产生了一个更加复杂的理论。

人格分裂和多重人格大家肯定都知道。

每一个男人至少有两重人格。

一重人格由大脑主导，另一重人格则由下半身的小脑主导。

可惧的是，这两个脑袋共用一条血管供血。大部分男人终生都在平衡这两个大脑的血液供应关系。

控制得好，就可以在滚滚红尘中游刃有余；控制得不好，轻则被世人辱骂，重则众叛亲离。

成熟的男人，必须要让有限的血液同时供给两个大脑，只有这样才能得到最高级别的恋爱。

终有一天，我们都会明白，爱和性根本拆分不开。

我们可以带夜店里遇到的女孩回家，可以接受别人的求爱。我们因为寂寞，因为情感的乖违不顺，因为别人对自己的伤害，可以出卖自己的身体，试图愉悦自己的灵魂。

实际上，我们这只是在虐待自己，甚至使自己沉浸在这种自虐快感中不能自拔。

有人说，你如何区分你是否爱一个人呢？

如果你跟她上床之后，想把她一脚踹下床，那么你肯定不爱她。

如果你跟她上床之后，还想抱着她，贪恋她的体温，沉迷她的呼吸，然后让她枕着你的胳膊继续入睡，那么你是真的爱她。

不是所有的性都因为爱情，而性却因为有了爱情而更加浑然天成，让人着迷。身体相互愉悦之后，才能形成精神上的彼此共鸣。

这才是我们期待的爱人和爱情，不是吗？

我希望，自己也能够如此。

这一切，只需要找一个对的人，在她生日当晚，与她坦诚相见。

这个人就是我的狐狸。

为此，提前一个礼拜我就开始准备这场攻坚战。

狐狸是一个又萌又毒的堡垒。

通往狐狸心底的路上，荆棘密布，步步惊心，谁也不知道哪里是雷区。

我戴着钢盔，背着长枪，匍匐前进，奔赴前线。

接下来，女朋友生日这天，地点的选择尤其重要，甚至很大程度上决定着这次行动的成败。

从某种程度上说，谈恋爱，就是请客吃饭。

因为，我们决定在一起是在饭桌上，你问她：“你愿意和我在一起吗？”她嘴里嚼着一口羊肉，被辣得泪眼盈盈，说：“那好吧！”

我们决定分手，也是在饭桌上。她说：“我想我们的生活越来越远了。”你端着啤酒，喝一大口，啤酒进入喉咙，凄凉无比，却装作若无其事地点头。

这个时间，这个城市，有人在吃“确立关系餐”，有人在吃“分手餐”，有人在吃“散伙饭”。

我们惊讶地发现，原来，一切的一切，都缘于一顿饭，也许，也会终于一顿饭。

我们的开始或许是酸菜鱼，酸、辣，但是好吃极了，味道留在唇齿之间，回味无穷。

我们的结束或许是回转寿司，里面藏满了芥末，吃下去感觉不到辣，却忍不住地眼泪汹涌。

接下来，我要跟狐狸吃的，是愉快的“上床餐”，请允许我这样叫它，这让我满血满蓝复活。

选哪里吃饭呢？

这个问题困扰了我好多天。

我研究大众点评网和丁丁地图，寻找着一家见证我跟狐狸“上床餐”的餐厅。

哎，为了和女朋友上个床，容易吗？过五关斩六将啊，这是。

为什么地点这么难选呢？

首先，这个地方一定要安静，不能有任何杂音，否则你正在跟你女朋友互诉衷肠的时候，突然一个大叔来一句：“服务员，再给我整两瓶啤酒！”得，气氛全无。

其次，这个地方的饭菜不能太好吃，也不能太难吃。

为什么呢？

因为，如果菜太好吃了，她会坚守一个吃货的本分，纵容口腹之欲，把你晾在一旁。而且，你们两个人一定会吃很多。注意，如果当天晚上吃了很多，那么很有可能，你们什么都做不了了。

两个人挺着大肚子，这不是给两位小朋友添堵吗？

还有，如果你们两个正在舌吻的时候，她的嘴里突然传来一股水煮肉片的酸辣味道……

这实在太不愉快了。

最重要的一条来了。

吃饭的地方附近一定要有好的酒店，或者干脆离自己的住处比较近。

女孩子一般不愿意带男孩回自己的住处，对她们来说，这也是一种仪式。而且在这种仪式之前，她们认为需要长久铺垫。

所以，贴心的我们，一定要提前订好酒店，或者在家里提前换好床单。

吃完饭，看完电影，一看表：“哎哟，很晚了，你自己回去我不放心。要不先去我家坐坐，然后我送你回家？”

经过精准的战略分析，我终于选定了一家港式餐厅，而且为了确保符合战斗需要，我提前一天跟同事去踩点试吃。

餐厅向北三百米有家汉庭，高级大床房，359元，含早餐。

万事俱备。

接下来，我只要成功地把狐狸约出来，然后经过一番柔情蜜意的狂轰滥炸之后……

下一个画面，两个从未见过的小人儿，终于可以相拥而泣。

太感人了，围观者请自带纸巾。

第二十三章　岳父，今夜无人入眠

就这样煎熬了好几天，战斗的号角终于吹响了。

狐狸，明天就要过生日了。

熬到零点，我啪啪啪地去敲狐狸的房门。

“狐狸狐狸狐狸，开门开门。”

沉默，空气中有一种阻力。

再敲。

狐狸突然拉开门，一脸冰刀雪剑地看着我，脸上带着一丝刚毅，刚毅中杂糅着一种慵懒，又内媚又冷艳。如此复杂的表情在狐狸脸上竟然结合得如此天衣无缝。

这是一个怎样的极品女子啊！

我满脸堆笑，送上我早就准备好的生日礼物，说：“生日快乐！”

狐狸一言不发、面无表情地接过来，然后砰的一声关上门。

我碰了一鼻子灰。

回到房间里，对着墙壁，仔细数墙上的斑点。

我终于知道弗吉尼亚•伍尔夫是怎么写出《墙上的斑点》这样神经质的小说来了。

临睡前，我鼓足勇气给狐狸发了个短信。

对于狐狸，冷战时柔情蜜意、甜言蜜语一点用处也没有，弄不好还有副作用。

所以，我仔细精简了短信的字数，言简意赅。

“明日19:00，饭，下班我接你。”

发送之后，我胆战心惊地等着狐狸回复，冷战太消耗体力了，我等着等着，竟然昏睡过去。

第二天一大早，睁开眼第一件事就是看手机。

新短信，发件人狐狸，只有一个字和一个感叹号：

“好！”

OK，不管怎么说，FOX PLAN第一步顺利实现。

在和狐狸吃饭以及开房之前，我在心里特意给狐狸爸爸，也就是我未来的岳父写了一封信。

内容如下：

亲爱的未来的岳父：

见字如面。

今天是狐狸的生日，对我而言，在这一天写信给您意义重大。

因为今天晚上，我可能不睡觉了，您的女儿也可能不睡觉了。

同为当爹的人，我以后也会生个女儿，此刻，我对于您的心情感同身受。

这注定是一个不寻常的夜晚。

也是在这个夜晚，我深刻地认识到一个朴素的真理。

那就是——

每个女孩都是爸爸的女儿。

为了今后不遭业报，所以我在今晚去酒店之前，写下这封信给您。

在此，我首先向您表示最真挚的敬意。

若不是您在二十三年前的今天晚上，追上您的妻子；二十三年后，我可能仍旧要孤身一人。

顺问岳母大人安。

我有两次生命，一次是出生，一次是今天晚上和您女儿去酒店看电视。

为此我已在佛前卖萌了五百年。

最终，佛祖让我在一个月高风黑、荷尔蒙在飞的夜晚遇到您的女儿，我的公主，我未来一双儿女的妈。

所谓饮水思源，没有天哪有地，没有您哪有您女儿，没有您女儿哪有我。感谢您优良的基因，感谢您得天独厚的X染色体，感谢老岳丈。

为了今天晚上，我已经提前支出了本月的工资和奖金，而我的目的很简单，只是希望能和您女儿一起，在酒店的落地窗前看看《放羊的星星》……

在此，为了避免您多心，我向您保证以下几点：

第一，绝不首先去洗澡。

第二，双方绝不使用任何摄影、录音器材。

第三，在两厢情愿的前提下，坚决使用塑胶类透明制品，否则对对方提出的任何肢体接触，表示坚决不从。

请岳父大人放心，以上三条如有违反，小婿必当负荆请罪，尔后以东方不败之刀，剁下林平之其弟。

我与您的女儿从相识到相知到相爱，再到她终于答应这个特别的日子跟我一起看星星，这中间循环往复、久经磨难，但如今回想起来，都变为玉液琼浆，供我醒时渴饮，梦里微醺。

吾生一世，可以居无华厦，可以食无鲍鱼，但唯独不能没有您的女儿与我一起，揽日月、捉王八，行天下、做老饕。

我爱她胜于爱我自己。

婚礼那天，请岳父大人安心地将女儿的手交到我的手上。

这将是世界上最伟大的交接仪式。

再次向您表示我最真心的敬意。

春宵一刻值千金，我这就去接您女儿下班，在此搁笔，岳父大人定能体谅。

来日登门，与您指点江山，共图一醉。

小婿
顿首

第二十四章　恋爱就是温馨的请客吃饭

这一天，我一整天都处在莫名的亢奋之中，甚至连看扫地阿姨的眼神都带着莫可名状的温柔。

晚上我就要攻陷狐狸的高地了。

不知道为什么，虽然这明明是一场开疆扩土的攻坚战，可是我却总有一种收复失地还我河山的悲壮感。

好不容易挨到下班，我赶紧打车去接狐狸。

远远地就看到狐狸站在写字楼门口，丝毫没有原谅我的意思。

出租车上，狐狸始终以一副宁死不屈的姿势看着窗外。我强自压抑着要把头靠在她肩膀上的冲动。

出租车司机向来健谈，可能是感觉到了狭小空间内微妙的气场，憋了几分钟之后终于憋不住，开口："哎，你们是一对儿吧？哎，你们看起来真的是一对儿啊！郎才女貌，郎才女貌。我年轻的时候，也有个小女朋友。后来啊，哎，我不是没钱嘛，她就跟着别人跑了。现在我开车，总想有一天能拉到她，然后把我以前攒着没说的话都说给她听。"

狐狸看着左车窗，我看着右车窗。

司机师傅丝毫不以为意，自顾自地陷入自己的美好回忆中。

“可是，这眼看着孩子都能抽烟喝酒了，还是没拉着她。所以就说嘛，这个世界太TM大了，你今天错过了，就一辈子错过了。”

我心中一凛，这师傅怎么说出了张小娴应该说的话呢？

狐狸虽然仍旧没有扭过头来，但是我看到她的左耳朵动了一下。

狐狸耳朵眼里的绒毛，看起来性感极了。

到了餐厅，我们找到预订的位子。

餐厅里永远人满为患。

因为在这个城市里，每天都有人过生日，每天都有人求欢，就像每个情人节都有人失身一样。

所以，餐饮业应该赞助杜蕾斯。

狐狸拿着菜单，以一种“吃死你不偿命”的姿态款款地点着菜。

狐狸每点一个菜，我都会自动把这个菜换算成等值的人民币，然后心脏停跳一下。

等狐狸点完，我几乎要晕死过去。

她这是要对我实行经济制裁啊，太狠毒了。

在等着上菜的过程中，狐狸化身革命战士，挺着下巴，恶狠狠地看着我。

我被狐狸看得矮了一截，不敢说话，只好把视线停留在狐狸脖子以下、肚子以上。

终于，服务员开始上菜。

狐狸挽了挽袖子，也不看我，低着头开始大快朵颐，看来她是真的饿了。

我好容易等到狐狸的脸从一桌子菜里挣脱出来，连忙清嗓开口："狐狸，我——"

狐狸摆摆手，把一口汤默默地咽下去，然后她用餐巾销魂地擦了擦嘴，开口："别解释，别找补，拣重要的说，你机会不多。金字塔原则。"

我原本准备好的话瞬间被狐狸堵了回去，我教她的MECE被她用来以子之矛攻子之盾了啊。

狐狸冷冷地看着我，眼神辐射出来，像是两道X射线。

我也是在这个时候突然发现，原来每个女孩的眼睛都是测谎仪啊！

好在，那天晚上我只是抱了美呆，"抱"是唯一的动作，除此之外，我没有对美呆做出禽兽行径。

虽然美呆穿着我的衣服，虽然我右手手指的前端确实接触到了美呆冰山的边缘，虽然我脑海里当时想到了十恶不赦的画面……

但是……

事实上，我仍旧坚守了一个男朋友的本分。

所以，我大义凛然地开口："狐狸小姐，容我用112字描述当时的场景：

> 美呆洗澡热水器坏掉了，我起来上厕所，看到她蹲在地上哭。出于人道主义精神，我就给了她一件我的外套穿上。她全身失力，而我只是想把她送回房间。谁知道这个时候，你突然跑出来，只看到了最后一幕，误会了。然后你不由分说地打了我，然后跟我冷战，然后到现在也不肯理我……

“事情就是这样的，狐狸。”

我一口气说完，几乎要窒息了。

狐狸含着吸管，仍旧鄙夷地看着我。

狐狸说：“我听说每个男人都能为自己的下半身冲动找到一千个迫不得已的理由。哦，怎么就这么巧，她洗澡你撒尿，怎么不是晶晶，怎么不是亮亮，怎么不是我呢？”

我止住狐狸：“狐狸这件事我必须正告你，一旦有人在厕所里洗澡，我总会想要上厕所，请原谅我对莲蓬头的水声天生敏感。我小时候一听到这个声音就尿床，这事儿我们整个村都知道。”

狐狸呸了一声：“你别净说些没用的，我就是想知道你怎么就那么有福分啊？人家在洗澡，偏偏热水器就坏掉了，还偏偏就让你看到了，怎么，热水器是你亲戚啊？”

我正襟危坐：“狐狸，你这么说确实有点无理取闹了啊。首先，这事儿跟人家热水器没有关系，咱不能搞冤假错案。其次，这确实是个该死的误会，有时候你眼睛看到的不一定都是真的。你看看那些3D立体画看起来栩栩如生，可那是真的吗？再说，你看电视上的情感节目一个一个催人泪下，可那是真的吗？你要相信我，相信我对你的一片赤诚。一条大河向东流，明月不能照沟渠。”

狐狸剜了我一眼：“让你扯淡你比谁都强。难道你不知道很多爱情之所以玩儿完，都是因为不忠诚吗？”

我清清嗓子：“我哪里不忠诚了？我从来没有这么忠诚过。”

狐狸哼了一声：“忠诚？忠诚你大半夜的抱着别的姑娘？那姑娘还不穿衣服？你还光着膀子？忠诚你好几天不找我认错？好像错的人是我似的，这难道不是心虚吗？还有，你那个什么学妹，我都不好意思说你，你忘了你都干了些啥了？”

我气得浑身发抖，女人为什么总是这样呢？今天的事情为什么总要翻出旧账当论据呢？

狐狸一副说中我心事的表情："怎么了？没话说了吧？"

我强自压抑着要上去强吻狐狸的冲动，我挥挥手："狐狸，学妹事件我承认是我不对，可那是因为我求爱遭到你的拒绝。你撕裂了我的伤口，让我大脑供血不足，以至于一时糊涂做了对不起你的事情。可是，无论是学妹还是美呆，我都不是主观故意的，客观是攻，而我是守。"

狐狸长叹一声，十分失望地看着我："到现在你还是为自己找补，为什么男人都这样呢？出了事就把责任往别人身上推，把自己择拔得这么干净，你怎么就那么无辜啊？人家美呆闲着没事还勾引你怎么着？那个学妹，要不是你偷腥，人家能巴巴地跑到你床上去？"

眼看着吵架要升级，我只好强压怒气服软。

记住，不能和女人讲逻辑，也不能和她们说什么理性。在女朋友生气的时候，你唯一能做的就是服软，服软，再服软。

我喝了一大口饮料，愣是把果汁喝出伏特加的范儿来。

"好了狐狸，我都知道错了，这事儿呢确实不是你看到的那样。有时候吧，眼见也不能为实，我都跟你老实交代了，你就饶了我吧。再说了，我就是有这心，我也没这胆儿啊。你说咱俩这气场，明显你是攻我是守啊。"

狐狸剜了我一眼："哦，你说我欺负你？"

我双手乱摇："当然不是，我的意思是说啊，我肯定不能干对不起你的事儿，以后也不会。这确实是个意外。"

狐狸终于叹了一口气，不无悲哀地说："世界上有两样东西是靠不住的。"

嗯？我很是奇怪："哪两样？"

“一个是男人的嘴，一个是男人的小男人。”狐狸化身情感专家。

“啊？”我目瞪口呆。

狐狸说得洞若观火：“相信男人的嘴，那就得打开心扉。相信男人的小男人，那就得张开双腿。这两件事儿，对于女孩子来说，都是致命的。”

“可我不是男人。”我脱口而出。

“嗯？”狐狸抬眼，警惕地审视我。

“不是不是，你看我都被你弄错乱了。我是说，我是男人，可我只是你一个人的男人。张信哲怎么唱的？做你的男人，二十四个小时不睡觉。我就是想做你的专职男朋友，做你的支付宝，做你的开瓶器，做你的按摩棒，我的开机密码只有你知道，只有你的指纹能识别。”

我捧起狐狸的手，继续：“狐狸，我只有一把钥匙，一把钥匙只能开一把锁，你就是这把锁。有了你，我不会再去开别人的锁了。你能给我的，别人都给不了。”

狐狸看着我，有了点兴致：“那要是再去当锁匠呢？”

我摇摇头，信誓旦旦：“绝对不会，要是我真的犯了，任凭狐狸处置。林平之东方不败什么的，狐狸你可以任选其一。”

狐狸微笑：“好啊，这可是你说的，家里的剪刀可是连自来水管都能剪断。我也不用连根拔起，只要剪掉百分之八十，剩下的给你留个念想。”

我顿时觉得心中一凉，心头浮现出一句古训：

“黄蜂尾后针，最毒妇人心啊。”

经过甜言蜜语的轰炸之后，后面的饭就吃得比较和谐了。

我和狐狸你喂我，我喂你，相敬如宾，相濡以沫。

举案齐眉、琴瑟和鸣什么的都弱爆了，互相喂饭才是王道。

我心里暗暗盘算着接下来的计划，不断优化其中的细节。

这是多米诺骨牌，这是九连环，一牌压一牌，一环扣一环，不能有一点差池。

不管怎么样，谁也不能阻挡我带狐狸去酒店。

狐狸有两次生日，一次是出生，一次是遇见我。

我突然觉得自己肩负了神圣的责任。

我看着狐狸，心中默念：狐狸狐狸，我就要给你第二次生命啦！

第二十五章　只想和你一起起床

吃完饭，我和狐狸手牵着手轧马路。

我突然觉得，这个晚上的空气成分都不一样了。

我说："狐狸狐狸，我给你念首诗吧！"

狐狸警惕地看着我："又念诗？"

"嗯？你为什么要用个又字呢？我之前也有念过？"

狐狸微微一笑："你每次不正经说话的时候，都像是下半身诗人在念诗。"

我严肃地看了狐狸一眼："这次不一样，我这不是看到月亮才想给你念诗的吗。"

狐狸忍住笑："好了好了，念吧念吧！"

我清了清嗓子，开始念起来：

树枝想去撕裂天空，却只戳了几个微小的窟窿，它透出了天外的光亮，人们把它叫做月亮和星星。

狐狸看着我，眨眼："这是……诗？"

我点点头，这是顾城十三岁的时候写的，名字叫《星月的来由》。

狐狸恍然大悟：“那你念这首诗给我听的目的是？”

我特别羞涩地看着狐狸：“我也想跟这些树枝一样……而你，应该跟天空一样……”

狐狸瞥了我一眼：“你别打坏主意啊，告诉你，想干坏事，门儿都没有。”

我不屈不挠，摇头晃脑：“我要在大地上画满窗子，让所有习惯黑暗的眼睛习惯光明。”

狐狸绝望地看着我，说：“我突然觉得，找一个文艺青年做男朋友，不是一个很好的决定呢！”

我哈哈大笑：“好了狐狸，我只是说，我们两个要庆祝一下。”

“庆祝？你还好意思庆祝？”狐狸觉得不可思议。

“为什么不庆祝呀？你想啊狐狸，我们每消除一个误会，我和你之间就会更加默契，这不值得庆祝吗？还有，今天是你的生日。生日是什么？生日就是见证你生命中每一个重大事件的那天。你有了男朋友，这事儿重大不？你男朋友巴巴儿地给你庆祝生日，这事儿重大不？再说，我酒店都订好了。”

“那你要怎么庆祝？”狐狸眨着眼睛，特别单纯地看着我。

我微笑：“还能怎么庆祝呢？我们是成年人，又是情侣，你如狼我似虎，还能怎么庆祝？”

狐狸睁大眼睛看着我：“我怎么觉得今天晚上你下了个套呢？”

我愤然摇头，斩钉截铁：“绝对没有，我只是想和你去酒店看《快乐大本营》，在你生日这天晚上，跟你聊一个通宵的心事。”

狐狸嗤之以鼻：“你以为我会被这种鬼话骗到吗？”

狐狸说完，径直往前走。

我愣在当地，难不成我要在最后关头失败吗？

狐狸走出两步，回过头来看着我：“哪家酒店？”

我欢呼雀跃，奔过去拉住狐狸的手。

抬头看了看月亮，感谢月亮，感谢嫦娥和吴刚，你们俩今晚即将见证我人生的巅峰。

酒店总是暧昧的，酒店里的一切都让人觉得暧昧，包括保洁阿姨挨个房间换床单，一个简单的动作似乎都充满了深意。

我带着狐狸上楼，特别留意了房间号码。

关上门的时候，我觉得那个“请勿打扰”的挂牌都充满了一种少女体温般的魅惑。

狐狸似乎有些紧张，我的手掌能感受到她的肩膀微微发抖。

带女孩去酒店，对于男孩来说，绝对是成长的仪式。

如果你还没有带女孩去酒店的经历，那你该努力了。

狐狸的很多举动再次验证了一点，女人对于仪式是多么看重。

在自己生日这天迎接另一次生日，要是我，我也会热泪盈眶。

狐狸大义凛然地坐在床上，但是我几乎已经看到了狐狸身体里渐渐升起的太阳。

两分钟后，狐狸打开电视。

电视里上演着2B的苦情剧。

我带着一脸憨笑坐在狐狸身边，和她一起看电视。

至少让她感觉自己和她开房的目的之中，确实含有“和她一起看电视”这一项。

狐狸没有说话。

她贴身的T恤似乎也在呼吸，一张一翕。我心潮澎湃，我能感到一股热血在我周身游走。

虽然我恨不得直接推倒、火力压制、垂直打击……

但是——

要知道，在这种时候，女孩都是警惕的、充满心机的。

即便是再单纯的姑娘，在这个时候，智商都会上升一百五十个点。

也就是说，这整个过程都是斗智斗勇的脑力加体力劳动。

尤其是狐狸这样的女孩，她似乎天生就懂得男人的一切心思。

我也深深地感到，把狐狸带进酒店只是万里长征的第一步。

如果在这个过程中，我走差了任何一步，狐狸都有可能用膝盖给我致命一击，然后扬长而去。

大多数男孩都想直奔主题，但大多数女孩都看重前戏。

这个前戏不仅仅是接吻、抚摸、撕扯，还有更重要的——

那就是精神前戏。

无论一个女孩经过多少男孩，她都不会放下自己作为雌性生物固有的羞赧和矜持。没有女孩希望这个正在解开她扣子的男孩把她当成荡妇，至少在两个人床上对垒之前不会。

所以，这个晚上，在这间大床房，我做的第一件事情是拿起遥控器，切换到《快乐大本营》。

这个晚上，我重新定义了《快乐大本营》的收视群体——

来酒店庆祝的情侣。

节目上演，狐狸笑得前仰后合。

我不知道她是否真的这么开心，还是仅仅想用笑声掩盖自己的紧张。

电视里演的什么我一点也没往心里去，我满脑子想的都是第一步是亲吻她的脸，还是先压住她的双手。

我激动得全身出汗，像是刚刚洗了一场桑拿。

狐狸看得聚精会神，好像她相信我们来酒店真的只是为了看电视。我跑到洗手间，对着镜子做战前动员。

这一刻，我觉得自己即将接受世界上最神圣的任务。接下来，一切纤维制品都是我的敌人。

小王子要得到小狐狸。

小狐狸终将要被小王子驯养。

从最初到现在，在我遇上狐狸之前，我只不过是个小男孩，就像世界上千千万万个小男孩一样。我不需要狐狸，狐狸同样也不需要我。对我来说，她只不过是一只狐狸，就像世界上千千万万只狐狸一样。

直到——

直到今天，如果我驯养狐狸，我们就会彼此需要。对彼此而言，我们就是宇宙间唯一的。狐狸成为宇宙间独一无二的狐狸，小王子成为宇宙间独一无二的小王子……

而曾经驯养过我的玫瑰花，早已离我远去。

驯养究竟是什么意思呢？

驯养就是建立联系。

今天晚上，我将要和狐狸建立这种联系。

还有什么比这件事更让人激动的呢？

我深深地吸了一口气。

经过四十分钟的煎熬，《快乐大本营》里的何老师终于和狐狸说了再见。

我如蒙大赦地转过头，深深地凝望着狐狸，狐狸也一脸无辜地凝望着我。

我问："狐狸，你还有什么话说吗？"

狐狸低着头想了想，眼睛转着，然后说："你……先去洗澡吧，洗干净。"

此刻，我在狐狸眼里好像是一棵西兰花，她让西兰花自己去把自己洗干净，然后她可能要吃了我。

我没有动。

当一个女孩跟你说，"你先去洗澡"或者"我先去洗澡"，那么这就宣告着你即将迎来你人生的巅峰。

但是，我却一直有一个疑问，为什么男女在上床之前一定要洗澡呢？

在很久以前，原始社会，他们上床之前难道也要洗澡？

好吧！那时候他们可能还没有床，只有山洞。

洗澡究竟是为了什么呢？

我现在好像有了答案。

其实是这样：

洗澡是整个上床仪式不可缺少的一部分。

你想啊，两个人，从陌生人到一起滚床单，这中间要经历多少诽谤案、凶杀案啊。这样一来，滚床单就成为宣告两个人互相驯养的美妙仪式。

对于女孩来说，这个仪式就更重要了，你吃个黄瓜之前还要先洗洗呢。

我看着狐狸，觉得温暖极了，因为我突然意识到，原来——

我们所爱上的永远不会是某一个器官，永远是器官的主人。

我深情地对狐狸提出了一个无耻的要求："狐狸，我想跟你一起洗澡。"

徐志摩说"我想和你一起起床"，这句话历来被认为带有文人的痞气。

这个夜晚，我跟我的狐狸说"我要和你一起洗澡"。

这样的要求，比徐志摩直接，但也比阿Q委婉。

我笑得无耻而深情，我觉得这是我所说过的最为抵死缠绵的话了。

狐狸把眼睛从电视转到我脸上。

我的视觉识别系统瞬间崩溃，因为狐狸给出了一个我无法识别的表情。

她看着我，眼神里带着一丝"飞鸟欲还林"的疲倦，在这种疲倦背后又藏着一点鲜嫩的柔情。除此之外，还有那么一些俏皮，俏皮里还裹着一堆审视。

她在审视我，她在审视这个提出要和她一起洗澡的男孩。

是的，此刻，我再一次觉得自己是个男孩，是个撒泼耍赖、讨要狐狸身上糖果的男孩。

狐狸的脸上蒸出来两抹胭脂，看得我口舌生津。

所有的红色在女孩身上都是迷人的。

我迎着狐狸的眼神，坦然面对她的审视。

狐狸，审视我吧！审视我的动机，审视我的渴望，审视我对你的爱。

在我所有的心理、生理反应中，没有一丝一毫的戏谑和不认真。

狐狸，我要让你知道，我想要的不仅仅是你的身体，我想要的还有你的心，你呼出的空气，你睡过的床单，所有与你有关的一切。

我渴望你一切的爱。

我将会给你同等重量的爱作为交换。

我没有再说话，我的眼神和表情在替我说话。

长时间的凝视让狐狸的脸更红，像苹果，像番茄。

她站起来抿抿嘴唇，伸出手，做了一个邀请我跳舞的动作。

狐狸说："Ma yi？"

我握住狐狸的手，掌心传递着心意和温度。

这个晚上，狐狸是专属于我的舞伴。

从此以后，我再也不必一人独舞长吟。

她起身往里走，我跟在她身后，她手心藏着凉意，我喝醉了……

第二十六章　橘子不是唯一的水果，我们还有橙子

走进洗手间，此刻，连马桶都带着“祝你们百年好合”的笑意。

我开始调节水的温度。

这个夜晚，这个热水器是幸运的，它不但即将目睹狐狸的胴体，还将目睹一场神圣的朝拜。

随即，我们同时被一个问题困扰了。

那就是——

到底该谁先脱衣服呢？

如果我先脱，显得我特别流氓，急不可待。

如果狐狸先脱，又显得她不够矜持，不够美。

我们面对着彼此，愣了一会儿。

狐狸突然说：“你转过身去。”

此刻，我只想按照狐狸说的做，不想有一丝一毫的反抗。

我转过身。

然后听到纤维摩擦的声音，那种声音带着暧昧的气味，让人本能地熟悉。

我紧张得全身通电，直直地站着，双腿都在发抖。

时间像是被人卡住了脖子，一瞬间停止了。

我觉得自己进入了另外一层空间，大脑里产生了核爆。

直到——

狐狸拍拍我的肩膀，然后声音传过来：

“好了，转身吧。”

我突然胆怯了。我上一次有这种感觉是在看着一头牛被杀的时候。我是要给狐狸我全部的爱啊，可是为什么我有一种将要杀戮她的罪恶感呢？

我突然觉得自己的可鄙与肮脏。我只要回过头看到狐狸，就等于玷污了她的美。

可是——

我是个男人，真正的男人。

我一帧一帧地回过头，狐狸在充满水汽的镜子前，俏生生地立着。

她把自己剥成了荔枝。

荔枝带着汁水，荔枝身上的汁水此刻都化作她的眼泪，好像狐狸的每一寸肌理都在哭。我觉得那是喜极而泣。

我此前从不相信“美丽能让人停止呼吸”这种鬼话，也从来不认可“男人是视觉动物”。

可是这个瞬间，我觉得自己要被这种美憋死了。

我不但停止了呼吸，似乎连心跳也停止了。

我心里默默地响起了歌声：

我最亲爱的妹哟，我最亲爱的姐姐，我最可怜的皇后，我屋旁的小白菜……

热水洒下来，洒到狐狸身上，洒到我和狐狸中间。

我突然能明白，所谓“窥浴”到底香艳在哪里，而比“窥浴”更高端的是“共浴”。

像是一场暖雨带着蒸腾的热气。我这个肮脏的孩子，此刻正与我心目中圣洁的女神一起在雨中起舞。

我的手掌摩挲着狐狸的皮肤，摩擦泛起暧昧的温度。

这次发抖的是我。

像是大旱三季，终于遇上雨水的庄稼。

像是憋尿三天，终于找到厕所的小孩。

狐狸闭上眼睛，像只猫，温顺地贴过来、抱着我。

这样毫无阻碍的拥抱再一次融化了我。

狐狸的胸膛贴着我，狐狸的小腹贴着我，狐狸的脸贴着我，任凭热水洒出来。

我从未想过，抱着不穿衣服的狐狸，我竟然能如此冷静。

我想，在我们心底，小王子正在和小狐狸一诉别来甘苦吧！

小王子：火山就要喷发了，你要离我远一点吗？

小狐狸：如果我不来，火山就不会喷发。如果我走了，火山就变成死火山了。

小王子：我曾经有一朵玫瑰，我为了她换过发型。

小狐狸：我从不理发。

小王子：如果我告诉你我一直记得这朵玫瑰，你会因此而离开我吗？

小狐狸：不会。每一个小王子心目中都有一朵玫瑰。而且，在我成为小狐狸之前，人们都叫我园丁。

小王子：园丁？

小狐狸：就是专门拔出小王子们心中的玫瑰，然后种上我自己的种子。

小王子：这么说，你快要成功了。因为我感受到了你的眼泪。

小狐狸：就像我也感受到了你的口水一样。

小王子：你能为我画一只羊吗?

小狐狸：我只会画狐狸，可是我没有笔。

小王子：我就是你的笔。我能在你身上画一只小狐狸吗?

“狐狸狐狸，现在我觉得我真的拥有你了。”

狐狸说：“美得你。”

我说：“我必须告诉你，这是我二十多年以来，洗得最干净的一次澡。”

狐狸说：“除了我爸爸，没有人跟我一起洗过澡。”

我蹭着她的脖颈，come to dady。

不过想起狐狸的爸爸，我心中还是一阵抽紧。这到底是怎样的一个爹？爱女儿爱到这种人神共愤的地步。如果有一天，我有了女儿，我也能像狐狸爸爸一样对她吗？

我并不确定。

我想得太远了，眼下我根本不用想这么多。

狐狸像一个橙子，而我把这个橙子洗干净之后，就要开始享用她了。

我十八岁的时候，冬天，在自习室里和女朋友一起吃一个橙子。

此后的很多年，我都觉得，那是我一生中最幸福的桥段之一。

我记得那个橙子，一口咬下去，汁水淋漓。

女友捧着橙子咬一口，然后再递给我。

那个时候，窗外还下着大雪呢。

而如今，她不知道跟谁吃着橙子。

与我形影不离的姑娘，终究不在我身边了。

生活给了我最美好的体验，也给了我一个巨大的JOKE。

但是，现在，我抱着的女孩，就是我的橙子。

我想，我突然知道该如何规劝那些失恋的孩子了。

知道吗，亲爱的。

橘子不是唯一的水果。

我们还有橙子。

第二十七章　解开你的红肚带，洒一床雪花白

我擦干净狐狸身上最后一滴水珠，然后把她横抱起来。

狐狸温顺地搂着我的脖颈。我把狐狸放到床上。

耳边回响着那首让人无比感动的《不会说话的爱情》：

“解开你的红肚带，洒一床雪花白，普天下所有的泪水，都在你的眼里荡开。”

狐狸看着我忍俊不禁。

我问：“有什么好笑吗？”

狐狸说：“我喜欢你的那颗痣。”

我愣了愣，说：“狐狸，你这么说会显得你像个小太妹呢，这是典型的调情用语。”

狐狸耸耸肩：“Who care？我就是喜欢。”

不知道是不是每个男孩都有一颗痣，也许那是心灵的守宫砂。

狐狸仍旧盯着我看，说真的，我被狐狸看得有些羞惭。

我走过去躺在狐狸身边，我们肩并肩躺下，一起欣赏什么都没有的酒店天花板。

十几年前，我躺在稻草垛上仰望星空的时候，如何能想到，

十几年后，我会和我心爱的姑娘赤身裸体地躺在酒店的床上看天花板呢？

狐狸瞥了我一眼，问我："你在想什么？"

我侧过脸，一脸无辜："没有啊，我在想这个吸顶灯是在哪里买的呢？"

狐狸吐吐舌头，没有说话。

我凑近狐狸，低声说："那……我们是不是让小王子见见小狐狸呢？"

狐狸推开我："等等，我还有话说。"

我摇摇头，不是此时无声胜有声吗？

狐狸压在我胸前，双手托腮："我问你，对你来说，爱和性能分开吗？"

我愣住，Jesus Christ，难道这个时候我还要先当一次柏拉图才能和我的狐狸上床吗？

但是——

请切记：

一旦女孩提出要和你谈谈人生，先一起面对灵魂之后，再开始面对身体，那么这个时候，千万不能猴急。

心急吃不了热豆腐。

猴急会被姑娘打。

大多数男生在这个时候都会管不住自己，就是这些人给了男人"下半身动物"这样的恶名。

我深呼吸，做了几个吐纳，内力运转了几个小周天。

"听着，狐狸，我认为灵与肉是可以分开的。"

狐狸眉头一皱，眼中杀气一闪即过，示意我继续说下去。

我侧了个身，对着她："狐狸，如果我说灵肉不分，显得虚伪，而且这确实是对你说谎。灵与肉确实是可以分开的。但是，没有爱的性和有爱的性，给出的体验是完全不一样的。我爱你，我想得到你，我不虚伪，因为你的一切都是我想要的。我和你上床的目的就是我的灵碰到你的灵，我的肉碰到你的肉。”

我说完，讨赏似的看着狐狸。

狐狸看着我，冷静地说：“你的灵还没有碰到我的灵，但是你的肉已经碰到我的肉了。”

我动了动，挪开身子：“对不起，情难自已。”

狐狸看着我说：“我越来越确信了。”

“确信什么？”

“你是个文艺青年。”

“为什么这么说？”

“因为文艺青年泡妞不花钱。”

我说：“靠啊，我没花钱，可是我很用心。”

狐狸看着我，略有些疲倦地笑笑，她问：“告诉我，我能相信你吗？”

“为什么这么问？”

“我不确信，因为我从小得到的教育就是，已经被钓到的鱼就得不到饵了。”

“你不是鱼，我也不是渔民。”

狐狸诧异地看着我，忽然好像明白了什么。

她闭上眼睛，低声说：“那来吧！”

我愣住：“狐狸，你以这样的姿势迎接我，让我觉得自己像个妇科医生。”

狐狸扑哧笑出声来：“那你到底要闹哪样？”

我说：“狐狸，在这个建立爱情的仪式里，你不是病人，我也不是医生，你明白吗？”

狐狸笑，说：“我明白，那就别废话了。”

狐狸说完，搂住我的脖子，一阵贴面热吻。而此时，我的体表温度瞬间上升了几百摄氏度。噢噢噢，我突然明白，原来所有文艺的前戏都会导致同一个暴力的结局。殊途同归，最终通往姑娘心灵的路径都是一致的。

在狐狸身上跋山涉水的时候，我心里只有一个念头：让文艺青年去死吧！

此刻我只是一个……呃……雄性。雄性在经过诸多奋力厮杀之后，终于可以建立自己的帝国了。

小蝌蚪们，你们还在等什么？

狐狸的热烈出乎我的意料，我承认我确实有那么一点……惶恐。

女朋友在床上一改淑女萝莉形象之后，无论是谁都会有那么一点惶恐吧！

小王子：May I come in?

小狐狸：很高兴你能来。

我的脸贴着狐狸的脸，四目相对，泪眼盈盈。

狐狸看着我，眼神清澈得像是部落里纯洁的圣女。

她双臂搂紧了我的脖颈。

我双膝蓄力，准备迎头痛击。

可是这个时候，狐狸的手机突然响起来。

不知道你们发现没有，有时候同样的铃声在不同的情境听起来，急缓是不同的。

狐狸伸出胳膊，努力拿起手机，然后身子僵住了，皮肤上的温度也降下来。

我心想：丫的该不会是前男友心灵感应，在这个时候打来电话了吧？

我准备着几句脏话，凑过去看时，生生把脏话咽了回去。

来电显示上一个触目惊心的字——

“爸”。

第二十八章　岳父才是最可怕的情敌

狐狸花容失色。

我突然想起一个保持持久的技巧，那就是在动作的时候，心里想着女朋友的父亲。

可是，我还没有开始动作，她父亲就来电话了。

天哪，这位老爹难不成有心灵感应啊？

此时，我真的确信了一句话：父亲是女儿上辈子的情人。

虽然这是上辈子的事儿，可是父亲显然仍旧耿耿于怀。

这种感觉我似乎突然能够体会了。

于是，我暗暗发誓：以后一定不能生女儿。

狐狸紧张得全身发抖，她显然也没有想到，这个时候老爸会来电话。

我甚至能想象到狐狸爸爸在家里突然从睡梦中惊醒，口中叫喊着："女儿，不能……"然后疯狂地拨打女儿的手机号。

狐狸示意我噤声，我只好翻了个身，侧对着狐狸躺着，大气不敢喘。

狐狸深呼吸，平复着自己颤抖的声线，她意味深长地看了我一眼，接起了电话。

她的声音带着明显的心虚，如果只是看狐狸的表情，我会真的以为她把前男友的号码，故意存成了“爸”。

空气突然安静，我侧着耳朵偷听，我女朋友和她爸，在这个我生命中的伟大时刻，你一言我一语地对话。

狐狸：“喂，爸？”

狐狸爸爸（声音冷冷的）：“你在哪呢？”

狐狸：“我……我在家呀。”

狐狸爸爸（沉默了一会儿）：“你有男朋友了？”

狐狸（侧过脸来看了我一眼）：“没……没有啊。”

我心里一阵冷，脸色一黯，狐狸连忙捏我的手，做了个沉默的撒娇表情。

她手掌里有汗。

狐狸爸爸：“嗯……你在电脑旁边吗？我们视频下。”

狐狸惊恐地看着我，张大了口，我摇摇头，对口型，就说网络欠费了。

狐狸点头会意。

狐狸：“爸，那个……我住的地方网络欠费了，现在上不了网。你……视频有啥事儿吗？”

狐狸爸爸：“没事，今天不是你生日吗，我跟你妈想跟你说说话。”

狐狸：“哦，那在电话里说吧！我正准备睡呢。”

狐狸爸爸：“嗯，我就是想跟你说啊，你有了男朋友，一定要让我先看看。现在的小青年，不比我们那个时候，心眼儿多，贼着呢？见到漂亮女孩，心里想的就一件事。”

狐狸：“爸！”

狐狸爸爸：“总之，你自己在外面，凡事都要小心，尤其是交男朋友的时候。”

狐狸：“我知道了，爸。”

就这样，狐狸和她爸你一言我一语地说个没完。

我绝望地看着狐狸，狐狸耸耸肩膀无辜地看着我，继续歪着头讲电话。

真不知道是不是我那封YY的信被狐狸爸爸心灵感应到了，不然他怎么能把时间拿捏得这么到位呢？

我几乎可以肯定，狐狸爸爸是故意拖着不挂电话的。

唉，男人何苦为难男人啊，岳父大人。

一个多小时后，我已经几乎要昏死过去了。

狐狸终于放下了电话，她缩进被子里搂着我的肩膀。

我哼了一声。

狐狸摇着我的脖子：“对不起嘛，我爸这个人，就是这样的。”

我叹了口气：“你爸简直就是神啊，太匪夷所思了。”

狐狸哈哈大笑：“好了好了，他也是担心我被什么坏男孩欺负。”

“切切切！”我嗤之以鼻，“你爸年轻的时候，你外公也是这么想的？”

狐狸推了我一把：“行了啊，没完了还。我跟你说，我决定带你回家，去见我爸。”

“啊？”我惊恐地看着狐狸，“不是吧？见……见你爸？”

狐狸一本正经地点头，看起来丝毫没有开玩笑的意思："我答应我爸了，有了男朋友一定带回家给他看。"

我拼命摇头："我才不去，我还没带你回去见我妈呢，凭什么先跟你回去见你爸？"

狐狸捏着我的脸："你去不去？"

"不去！"

狐狸手劲加大："去不去？去不去？"

我无奈："好吧，好吧，不过……你爸是不是很吓人啊？"

我想岳父对待女婿就跟婆婆对待媳妇一样，多少都有点说不清道不明的敌意。

想想也可以理解，辛辛苦苦把女儿养这么大，看她跟一个陌生的男孩这么亲密，确实有点让爸爸们受不了。

狐狸笑："我爸又不会吃人，你放心好了，丑老公也要见岳父啊！"

我傲然道："我虽然不敢说自己帅，但谁也不敢说我丑。"

狐狸靠在我怀里，头发还湿漉漉的，让人心神俱醉。

"那你是答应咯？"

我点点头。

狐狸在我脸上亲了一下，然后紧紧地抱着我。

"我好累，先睡觉行吗？"

"啥？狐狸你……"

"人家没兴致了，我现在一做坏事就想到我爸……"

"可是……"

"好了好了，睡觉吧！"

我叹了口气，女孩在这一点上就不如男生，什么叫没有兴致呀？我们就从来不会没有兴致。

晚上，我抱着狐狸，狐狸在我怀里安然入睡。

我的胳膊被她枕麻了。

不过这种感觉，实在是——太幸福了！

不管怎么说，今天的行动还是有进展的。

至少，我跟狐狸同床共枕了，虽然，仅仅只是同床共枕了。

原来传说是真的，想和你睡觉，只是亲亲抱抱，其他什么也不做，只想早上跟你一起起床。

我突然觉得，作为一个男人，我实在是太伟大了！

第二十九章　我来到你的城市

第二个周末，实在挡不住狐狸的威逼利诱和小甜饼的诱惑，我终于答应和狐狸一起去杭州。不过，对于是否要见她的爹爹、我未来的岳父，我却持保留意见。

最终，我们达成了一致。

狐狸回家，我找个酒店，白天狐狸带我玩杭州，晚上各回各家。

等我们要回上海的时候，再找机会去见狐狸爸爸。

见岳父这种事情，危险程度不亚于上刀山下火海。所以，必须慎重。

我其实特别想再去杭州看看。

虽然我之前去过，可是我现在有了狐狸。

一个城市总是因为一个人而变得与众不同。或者让你低眉浅笑，或者让你痛彻心扉。你因为爱上一个人，就会爱上她所在的城市，甚至是城市广场上叽叽咕咕的鸽子。你因为恨一个人，也恨一个城市，甚至看到这个城市的天气预报都会悲从中来。

要不陈奕迅怎么唱“我来到你的城市”呢。

爱情有时候跟刑罚一样，动不动就株连九族，十家连坐。

要是能理性地想一想：你爱上一个姑娘，跟她家乡的淡水湖有什么关系呢？

不过，我确实听说情侣绕着西湖走一圈，就永远不会分手。

分手太吓人了。

我现在特别憎恶这个词，什么分手信、分手快乐、分手之后还是朋友，这些自我安慰的话，我听都不能听。

虽然我从不迷信，但这次我特别希望，牵着狐狸的手绕西湖走一圈，然后约定不分手。

虽然有时候情侣们动辄山盟海誓也毫无用处，但是还是有那么多人前赴后继。

在爱情里，逻辑科学都不重要。

周五晚上，我们整装待发。

我有点心事重重。

狐狸安慰我说："杭州非常美，我爸超级慈祥。"

我憨憨地点头，岳父再怎么慈祥他也是岳父啊，就像小刀刘再怎么慈祥也是小刀刘一样。

原谅我把岳父和小刀刘扯到了一块儿。

晚上，我做了一个梦。

梦到狐狸爸爸戴着面罩，手里擎着一把南海鳄神的剪刀，咔嚓咔嚓作响，对着我狞笑……

从上海到杭州，旅程很短。

我看着睡在我怀里的狐狸，突然有种回娘家的感觉。

"左手一只鸡，右手一只鸭，身上还背着一个胖娃娃呀咿呀咿滋喂……”

我忍不住要唱出声来。

到了酒店，办好手续。

进了房间，我腻着狐狸不放。

狐狸一脸坚毅：“你只有两条路。第一，这就跟我回家见我爸。第二，我先回家见我爸，你自己老老实实待着，下午我们去西湖。”

我只好选择了后者。

西湖是个好地方。

其实只要跟心爱的人一起，哪里都是天堂。

好吧，我承认，哪里的天堂，也比不上床上的天堂。

狐狸的家乡真的挺美的，就跟狐狸一样美。

狐狸的出现使得整个世界都不一样了。

我拉着狐狸围着西湖走。

在走到大半圈儿时，狐狸终于忍不住了：“有完没完啊？”

我嘿嘿傻笑：“狐狸，你咋就不理解我的深情呢？”

狐狸嗤之以鼻：“围着西湖走就不分手，这样的传说给不了你任何安全感。如果你对我不好，你还得从哪儿来的回哪儿去。”

狐狸太破坏气氛了。

不过，这就是我们的狐狸。

我只好带狐狸去吃东西。

下午五点，狐狸说要回家。

我愣了，才五点就着急回家？

狐狸无辜地点点头，说："老爸说晚上要和我吃饭，所以……"

没办法，我只好送狐狸回家，然后自己度过了一个特别难熬的夜晚。

如果你的女朋友就住在离你不到两公里的家里，你也会孤枕难眠的。

第二天我还在迷迷糊糊地睡觉，手机突然响起来。

我接起，狐狸的声音听起来很平静："我爸妈去和工友聚会了，要到晚上才能回来，你来不来？"

我噌地坐了起来："好，我马上到，把你家的具体地址发我手机上。"

我洗澡的时候瞬间达到了光速，狐狸在家里等着我呢，老天终于开眼了。我的速度像是开了火箭一样快速。

出租车上，我兴奋得全身发抖。

还有什么比在女朋友家和她一起做坏事更令人兴奋的。

飞到狐狸住的小区，我破天荒地没让司机找钱。

狐狸家在九楼，我手指颤抖着按了电梯。

我站在狐狸家门口，努力平复着急促的呼吸，然后敲门。

狐狸打开门，穿着一身粉色的睡衣，还有点睡眼惺忪。

我一把把狐狸横抱起来，到处找她的卧室。

狐狸无奈地指出正确方向。

我一脚踹开门把狐狸扔在床上，然后正准备饿虎扑食，狐狸却突然对我喊："站住。"

我蓄势待发，差点摔倒："咋啦嘛？"

狐狸小怜玉体横陈夜地躺着，说："你先坐下，我们说说话。"

"哎呀，待会儿再说不行吗？"我不愿意了。

“不行。”狐狸很坚持。

好吧，人在屋檐下，不得不低头，我只好乖乖地在床边坐下来。

狐狸看着我，问我：“告诉我，你真的爱我吗？”

我点头如捣蒜，这还用问。

狐狸又问：“那你告诉我，你喜欢我什么？”

“一切！所有！全部！”我斩钉截铁。

狐狸有些不悦：“你这明显就是敷衍我嘛，你不好好说话，我就叫我爸回家。”

我真不明白女人的大脑到底是由什么构成的。女人这种生物，要是不那么爱提问题，不那么爱逛街，就真的完美了。她怎么能用她爸来威胁我呢？

我现在大脑供血不足，只好按捺着要霸王硬上弓的冲动。我深情地看着狐狸，说：“你总是问我喜欢你什么，我从来没有回答过。我现在想告诉你，喜欢是一种最难以描述的感觉。其实喜欢你就是喜欢跟你在一起的自己。世界这么大，谁愿意一个人啊。没有你，我活不了。这话一听就是骗人的，谁没了谁都能活。可是，狐狸，我想告诉你的是，没有你，我活不好。你能体会吗？”

狐狸看着我，显然是被感动了。她拍拍我的脸，说：“你知道吗？我跟你一样，没有你，我也活不好，不过……”

“不过什么？”我诧异。

“不过，我记得你写过一条微博。”

啊？我心里一阵惊慌，心想我该不是写了什么让狐狸误会的话了吧？在很多情况下，微博可是能害死人的。

我心惊胆战地问：“是……是什么？”

狐狸笑，她说：“我记得你写的是，男人在两种情况下是不说真话的，一是喝酒之后，二是上床之前。对吗？”

我愣住，我啥时候写了这么杀千刀的话啊，怎么能自爆男联盟的战略战术给敌方呢？

我深呼吸，说：“狐狸，其实这是个矛盾。女人嘛，总喜欢在上床之前，问一些特别宏大的问题。比如说，你喜欢我什么啊？然后，在上床之后，又会问一些特别矛盾的问题，比如你到底是爱我还是爱我的身体啊？但是对于男人来说，这两个时间都不是回答问题的最佳时间。你想啊，事前大脑供血不足，只剩下本能了；事后只有枕头是最亲的，你指望他们说出什么感人至深的话呢，你说是吗？”

狐狸目瞪口呆地看着我，说：“你倒是挺坦白。”

我特别严肃地点头：“狐狸，但是我呢，现在就可以告诉你，我爱你。我也不知道我爱你什么，我就是爱你。对我来说，你的吊带衫、丝袜，你的声音，你的身体，你的灵魂，这些都是你不可分割的一部分，我都喜欢。并且，我也希望宣布一下对这片土地的专属权利。注意，不是殖民，而是专属。因为，从此以后，我也是专属于你的。你明白吗？我们是互相统治，互相拥有。狐狸，我爱你！”

狐狸趴在我的腿上，仰头看着我，她看起来像一只卖萌的猫。她叹了口气：“好吧，你赢了。”

我听了这话，如蒙大赦。

我低下头去吻狐狸的脸，狐狸热烈地回应我。

接下来进入少儿不宜镜头，请未满十八岁的同学回避，谢谢配合。

我很快把狐狸剥成了荔枝，我得完成狐狸生日时未完成的心愿。

于是，我们重复了那天晚上的拥抱和亲吻。

然后继续生日当晚的旅程。

我亲吻她，终于，一株植物在我和她的心上，同时破土而出……

狐狸的床单此刻成了一幅画，美艳绝伦。

我愣愣地盯着床单，心潮澎湃，虽然这么说有点对不起狐狸，可是我真的没有想到，狐狸是处女。

就好像她把一处绝妙的风景深藏起来，不轻易示人。等了这许多年，只是为了等到一个更值得她托付的人。

而我就是这个人。

我抱着狐狸，心中滚烫。

狐狸安静地躺在我胸前，手指在我身上画画。

良久，狐狸说：“你终于得逞了。”

我抱紧狐狸，说不出话，我实在不知道该用什么词汇什么语种来描绘这种感觉。就好像你寻得一处桃花源，这是深爱你的人，为你预留的一整个世界。

我从未觉得如此满足。

我抱着狐狸，享受着暴风雨之后的极度安静，狐狸的呼吸如同音乐。

过了好久，狐狸突然撑起身子，特别哀怨地看着我，说：“我饿了。”

“啊？”我没搞清楚状况，“什么……饿了？”

狐狸推了我一把，说：“我想吃楼下的面包，你去买。”

我头摇得像拨浪鼓：“春宵一刻值千金啊！狐狸，这么重要的时刻你吃什么面包？”

“我不，我就要吃，我饿。”狐狸开始不讲理。

我实在没有力气爬起来到楼下去买什么该死的面包。

谁愿意在这个时候穿上衣服，爬下楼去买面包呢？

“待会儿再吃行不行呢，狐狸？”我努力卖萌。

狐狸哀怨地看着我，叹息：“你不爱我。”

我愕然：“我怎么不爱你了？”

狐狸继续闺怨范儿：“你就是不爱我，你只顾自己快活，也不管我。”

“我必须申冤，刚才你好像也挺快活的。”

狐狸啪地拍了我一巴掌：“那你说流血的是谁？”

我目瞪口呆：“好吧，好吧！我去给你买。”

狐狸忍住笑：“这还差不多。”

第三十章　每个女孩都是爸爸的女儿

我只好一百万个不情愿地穿上衣服，到处找拖鞋。

狐狸告诉我："门口的鞋架上有我爸的棉拖鞋，你穿那个。"

我踩着拖鞋下楼，冲到面包店买该死的面包。

不知道为什么，我突然有种穿越到村上春树《再袭面包店》里的感觉，好像我和狐狸已经结婚了，而且生了一大堆孩子，我这是给孩子和老婆买早餐来了。

这真是很奇怪的感觉，此前我可是从来没想过婚姻的。

结婚？对我来说一直是个很可怕的词儿，可是现在似乎变得没那么可怕了。我甚至盼望着，早早地跟狐狸结婚，生一双儿女，男孩叫什么，女孩叫什么。

买好面包，我胡思乱想，进了大楼，按电梯，电梯门刚要关上，突然一只胳膊伸进来，一位大叔闪身进来，看了我一眼。

我礼貌地对着他微笑，按下九楼。然后我回头问："叔叔，你去几楼。"大叔伸出手，摆了个"九"的姿势。

电梯门打开，我拎着面包往里走，心里想着怎么哄狐狸继续温存一番，想着想着忍不住笑出声来。

生活实在太美好了，我简直想手舞足蹈。

站在狐狸家门口，我按门铃。

狐狸身穿睡衣，头发凌乱，嘴里叼着一个橙子。

打开门，目瞪口呆地看着我。

准确地说，应该是看着我的身后。

我莫名其妙地回过头，刚才电梯里的那个大叔，站在我身后一米开外，目光炯炯地盯着我和狐狸。

狐狸声音发颤，胆战心惊地叫了一声："爸。"

我差点吓得背过气去，这……这就是传说中的狐狸爸爸？他老人家不是去和工友聚会了吗？我……我怎么能想到，我第一次见我未来的岳父，会是在这样一个匪夷所思的时刻呢？

狐狸爸爸走过来，看看我，又看看狐狸，然后一脸杀气地转向我，沉声问："你是谁，为什么会在这里？"

我几乎吓得大小便失禁，我现在是在狐狸爸爸家，刚才又对她女儿犯下了滔天大罪，作为一个父亲，得知真相后就是要了我的命，也是再正常不过的。

好在经过这么多年的风吹雨打，我也修炼成了一员悍将，我微微一笑，不动声色地说："叔叔，你好，我是送快递的，这是这位小姐要的面包。"说着，我把面包递给狐狸，狐狸难以置信地看着我，木然地接过来。

我看了狐狸一眼，然后对狐狸爸爸鞠躬："不打扰了，我先走了。"

说着我转身往外走，心悬在嗓子眼，太惊悚了，心理素质不好，是要当场昏倒的啊！

"等等！"狐狸爸爸突然叫住我。

我愕然回头，狐狸爸爸看着我，恶狠狠地问：“你送快递不要钱吗？”

我猛然惊醒，坏了，百密一疏。我连忙解释：“不是，狐狸选择在线支付，现金交易是很不卫生的。”

狐狸爸爸看着我，冷笑：“你怎么知道她叫狐狸。”

狐狸愣在当下，听着我撒的谎，彻底石化了。

我连忙摆手：“是这样叔叔，这位小姐在电话里告诉我她的名字，所以我知道。没什么事儿，我回店里忙了。”

我急于脱身，不想死于非命。

“站住！”狐狸爸爸断喝。

我颤巍巍地回过头，努力装作风平浪静：“叔叔，您还有什么事吗？”

狐狸爸爸看着我：“那你可不可以告诉我，你为什么穿着我的拖鞋啊？”

我目瞪口呆，老人家是侦察排排长出身吗？

我再也说不出话，完全傻了。

狐狸爸爸盯着我，对我一摆头：“进去。”

我憨憨地笑着，深吸了一口人间的空气，努力抬起腿，毅然踏入布满杀气的房间。

我和狐狸对望一眼，两个人眼神里都是绝望。

气压好低，大脑缺氧。

为什么每个女孩都要有爸爸呢？

为什么我们和女孩交好，要先经过她们爸爸的同意呢？

为什么？为什么？为什么？为什么？为什么？为什么？为什么？为什么？为什么？

狐狸爸爸端坐在客厅里，狐狸坐在狐狸爸爸身旁。

我扯过一把椅子想坐下，可是狐狸爸爸抬头看了我一眼，我又默默地直起了身子。

狐狸看看她爸，又看看我，说："坐吧。"

狐狸爸爸不置可否，我颤巍巍地坐下。

没有人说话。

空气中的氧被狐狸爸爸燃烧的气场用尽。

狐狸低着头，我也低着头。

我想狐狸爸爸可能是审讯官，这样的精神折磨谁受得了啊。

青天大老爷，你究竟要让我说什么？我全招。

在我缺氧致死之前，狐狸爸爸终于开口了。

可是在这样一个场合，狐狸爸爸竟然问了一句巨Q巨萌的话。

狐狸爸爸问："你们两个在干什么？"

我大脑反应机制无法启动，语言系统几乎崩溃，我抬起头求救似的看着狐狸。

狐狸撇撇嘴，意思是你别看我，回答我爸的话。

我鼓足勇气，回答："叔叔，我跟您招了吧，我……我是狐狸的同学，我来杭州旅游，今天来的时候掉沟里了，弄了一身泥，所以就上您家来洗洗，别的，我什么都没干。"

说完这几句话，狐狸已经被我的弥天大谎震惊得几乎昏死过去，而我自己更是面部肌肉抽搐，完全不知道此刻我正做着何种夸张的表情。

狐狸爸爸听完我的回答，嘴角动了动，没有说话，他转而看着狐狸，然后说出一句令我更加不知道该作何反应的话。

"这里都是沥青路，哪来的沟？"

狐狸咳嗽了一声："好了，说实话吧！爸，我给你介绍，这是我男朋友。”

我咽了口唾沫，点头哈腰：“叔叔，你好！我……”

狐狸爸爸没有接话，他看看狐狸，又看看我，突然无限伤感地叹气，那种伤感是专属于一个父亲的。

我突然理解了狐狸爸爸此刻的感受，因为我发现了一个令我特别震惊的事实——

养女儿原来是给毛头小子养老婆。

就好像你千辛万苦地养了一盆花，然后终于开花的时候，你就要拱手送给一个你从来都不认识的小兔崽子。

而且，女儿十八岁之后，肯定是跟男朋友最亲密。

狐狸爸爸不说话，我也不敢吱声，狐狸起身给她爸倒了一杯水，说：“爸，他对我很好。我本来想叫他晚上来家里吃饭的。”

狐狸爸爸听完还是没有说话，他缓慢地掏出一支烟，却没有点。

我和狐狸对望一眼，此时，狐狸看起来并不怎么害怕了。

看来到了表现男子汉气概的时候了，我心里暗暗鼓起勇气。

我开口：“叔叔，我呢，是狐狸的男朋友，是打算结婚的那种。狐狸经常跟我提起您，所以，我一直都想来看看您。这不我今天来了，狐狸说您去和工友聚会了。我还想，晚上跟您喝两杯，好好聊聊呢。”

狐狸爸爸食指和中指夹着烟，看着我，面无表情。

我继续使用怀柔政策：“叔叔，你看，狐狸二十四岁了，我呢二十五岁，五官还算端正，工作也比较稳定，而且最重要的，我是真心喜欢狐狸。希望您老给我一个和您女儿谈恋爱的机会，我保证对狐狸好。您今晚上就是打死我，我也是这些话，我真的特别喜欢狐狸。”

说到这里，狐狸爸爸脸上杀气一显。

我连忙继续：“叔叔，您也是过来人，希望您老给我一个爱您女儿的机会，我保证像您一样爱她。”

狐狸爸爸突然摆摆手，叹了口气，良久终于开口：“女大不中留，我也知道早晚得有这么一天。你俩好呢，我不反对。可是你们年轻人，下手不知道轻重，只图一时快活，到时候出了事可就晚了。狐狸是我女儿，这孩子从小缺心眼，耳根子又软，我就担心她将来碰上个嘴上抹油的浑蛋，伤了她。”

我双手乱摇：“不会，不会，绝对不会，这点您老放心。”

心里却有点忿气，你在这儿骂我，我还得欢欣鼓舞地叫好，真是的。

狐狸爸爸口气突然严厉起来：“别一口一个您老您老的，我有那么老吗？”

狐狸这时抬起头责备地看了我一眼：“我爸最讨厌人家说他老，这就是他的逆鳞，我都不敢碰的。”

我恍然：“您看您看，我这也是个尊称，您一点都不老，做我哥我还嫌大呢。”

说到这里我突然闭嘴，我这是被吓得精神失常了吗？

狐狸目瞪口呆地看着我，我只能满面堆笑。

狐狸爸爸却没有听出这一茬，他仍旧沉浸在莫大的伤感之中。

我见狐狸爸爸要点烟，连忙递过打火机，狗腿子似的给他点上。

我抬起头看着狐狸，一脸我不入地狱谁入地狱的表情，我说：“叔叔，今天您也在这儿，我就跟狐狸表个态。”

我说着站起身，蹲在狐狸身前，拉起狐狸的手，开始深情告白。

我曾经无数次意淫过这个场景，想不到今天真的YY成真了。

我说：“狐狸，无论长相还是能力，我承认我都挺一般的。

我之所以这么大胆地追你，就是因为觉得你对我有好感。我凭着这一点再加上点厚脸皮不要脸，就死乞白赖地开始追你。我追了你多久，你也不是不知道，我知道你不图我什么，你图的我也没有，你就图我这个人。我想说，其实我也是，我就图你这个人。只要能和你一起，去哪里，做什么，都好。”

我一口气说完，心满意足地看着狐狸。

狐狸泪眼盈盈，一把抱住我，哽咽着，却一句话也说不出来，只是把眼泪和鼻涕抹到我的脖子上。

黏黏的，凉凉的。

我想这大概就是我们经常说的那种feeling吧！

狐狸爸爸吧嗒吧嗒地抽着烟，看到狐狸对我亲昵的姿态，又变得有些伤感。

“狐狸这孩子，打小就是我照顾，换尿不湿啊，开家长会啊，哪一样不是我做？她妈？她妈更是个傻妞。以前在她娘家，她妈是大小姐啊，除了吃饭，基本上啥也不会做。连生孩子这种事，都是我自己看书辅导她的。”

狐狸爸爸说到这里，狐狸面色有些难看。而我一想到狐狸爸爸抱着狐狸换尿不湿的情景，就觉得特别温馨。

还有，此刻我特别想见见狐狸妈妈。

狐狸爸爸抽完了一根烟，抬眼看着我，说：“你呢，我这是第一次见你，对你也没什么了解，现在人面兽心的男孩太多了。你想想，那些从小娇生惯养看A片长大的浑小子懂什么爱情？一旦叫他们找到了个傻姑娘，那还不是什么法儿都往姑娘身上招呼？你要是有个女儿，你能放心吗？”

虽然这话听起来特别不是味儿，不过我还是尽量显得和狐狸爸爸同仇敌忾。

“是，是，是！要是我是狐狸她爹，您是狐狸男朋友，我也会这么想。”

狐狸面色一变：“你……你这是怎么说话呢？”

我连忙噤声，心想今天大喜大悲太突然，我的智商确实不知道都跑到哪儿去了。

狐狸爸爸却开口：“你别打岔，我跟他说两句。”

狐狸遭到爸爸抢白，一时间没能搞清楚自己的身份，于是独善其身地继续玩起了捕鱼达人。

我心想，那我得再表态啊，于是我斟酌着词句，继续说道：“叔叔，首先呢，您对我确实不了解，我也不了解您。不过呢，来日方长，您说是不是？要是常走动走动，咱爷俩喝两顿大酒，聊几个通宵，咱很快就能成为亲爷俩儿。我这个人特别单纯，一喝了酒什么话都往外吐，您尽管套我的话。”

狐狸爸爸摆摆手：“我也不是不讲理的那种老顽固，子女谈恋爱，我也支持。我说白了，就是为我家姑娘长长眼。”

我赶紧再表忠心：“叔叔，以后跟狐狸好了，我一定拿她当亲妈待。我这个人，最孝顺了。”

狐狸爸爸的面色缓和了，狐狸的眼眶湿润了。

其实我说这句话，还有一句潜台词，我拿你当亲妈待，你怎么着也得拿我当亲儿子待啊。这个世界上，最了解我的是我妈啊。狐狸到目前为止，还欠点火候。

狐狸终于跳出来打圆场：“好了爸，你再问下去，他就要大小便失禁了。行了吧？”狐狸一边说，一边向我挤眼睛。

狐狸爸爸叹了口气，点点头：“你们好好相处，你对我女儿要像对你妈一样。”

我愣住："啊？"

狐狸爸爸继续："或者，像我一样对我女儿。"

我突然明白了狐狸爸爸——我未来岳父大人的良苦用心。

男人找女朋友，究竟是找什么呢？

有人是找另一个"妈"，有人是找一个"女儿"。

一个需要爱，一个需要被爱。

也许吧！从我们出生，在爱情的世界里，我们都是孤儿，等着盼着期待着被那个深爱我们的人领养。

狐狸，我爱你！我们互为宠物，互为父母。

狐狸爸爸回来取了东西，又回去和工友聚会了。

我和狐狸出去轧马路。

见了女朋友的爸爸，我这个男朋友似乎瞬间连升三级。

我拉着狐狸的手，走在狐狸住的城市，一股奇妙的感觉油然而生。

不知道你们有没有想过，你找到一个女朋友，其实就是找到了女朋友的爸爸妈妈还有她的狗，她的猫。

这些原本跟你没有关系的事物，突然就跟你发生了关系。

从前的某一天，你可能和你的丈母娘擦肩而过，也可能踢了一脚你未来女朋友家的猫。

爱情里的蝴蝶效应特别匪夷所思。

我想着狐狸爸爸的训诫，抱紧了狐狸。

我对她说："狐狸，以后你就是我闺女了。"

狐狸推了我一把："去你的，我还是你妈呢？"

"不管怎样吧，总之，我们以后都不再是一个人了。"

走在路上，身边跟着自己心爱的姑娘，人世间最美好的事情，莫过于此了吧？

晚上，我正式去狐狸家做客，见狐狸的爸爸妈妈。

不得不说，这个桥段着实让我紧张了好久。

从此以后，我就成为狐狸父母官方承认的狐狸小姐的男朋友了。

哇哈哈哈哈！

第三十一章 相亲80/20法则

从杭州回来后，我和狐狸继续谈着甜蜜的恋爱。

经过狐狸家中一役，我的地位确实得到了质的提高，狐狸看我的眼神似乎也比以前温柔。

我想象着刚刚搬进公寓的时候，狐狸的高贵与清冷，再对比现在的小鸟依人。

时间真是太奇妙了。

就在我和狐狸如胶似漆、琴瑟和鸣的时候，美呆则继续闷闷不乐。

我们虽然没有直接点破，但这件事始终困扰着我们。毕竟，现在公寓里唯一单身的人，就是美呆自己了。

于是，在一个月高风黑的夜晚，我、狐狸、亮亮、晶晶，召开了一个主题为“解决美呆单身问题”的秘密会议。

会议纲领就是在我们的关系网中，给美呆物色合适的男朋友。

我们必须将六部分离法利用到极致。

不然，只是依靠吝啬的缘分，不知道要等到什么时候才能找到美呆的MR.RIGHT。

虽然，我承认，相亲是要面临巨大的心理压力的。

首先，相亲宣告你是单身。

我承认有人说单身贵族也挺有范儿的，单身多好啊，一个人吃饱，全家不饿。

可是，作为男生，你孤枕难眠的时候，难道不渴望身边有一个姑娘？

作为女生，你大姨妈折磨你的时候，你难道不希望有双大手给你揉肚子？

所以说，大多数单身的人都是虚伪的。

其次，相亲危险系数太高。

对方可能是潜在的家庭暴力爱好者，也可能是你的小学同学，甚至可能第一次见面就渴望成为你的炮友。

炮友比男女朋友好找多了。

据说在简单粗暴的相亲现场，成为炮友的概率远远大于成为男女朋友的概率呢！

相亲的目的很赤裸，相亲就是为了结婚，为了把女人变成孕妇，把男人变成爸爸。

这样带着如此赤裸目的的见面吃饭，如同一场诡异的交易。

两个人面对面坐着，你来我往，待价而沽。

但是，现在我们的圈子就是这样。

如果我们一直被封锁在每个人的小圈子里，大概只有以下几种结果：

第一，男朋友永远是电动的，女朋友永远是充气的。

第二，广告部的创意员开始追求打扫卫生的阿姨，编辑部的编辑MM跟快递哥私订终身。

第三，这个小圈子里所有人之间都有关系。比如你可能跟老板的表弟约会，他也可能刚刚把创意总监的小姨子甩了。

是不是很可怕？

所以，我们共同通过了会议议题，为美呆同学安排几次像模像样的相亲活动。

如果能成，功德无量；

如果不成，那也是天意使然，美呆至少有事情做。

于是，美呆轰轰烈烈的相亲开始了……

我们尽力使得相亲看起来不像是相亲，就是把朋友的朋友介绍给美呆。

先是我的朋友，然后是狐狸的朋友，再然后是晶晶的朋友。

美呆起初略有羞赧，后来渐渐适应。她自己笑着说，面试能成为面霸，我现在觉得自己都成了相亲霸了。

其实只要把相亲当成社交活动，这场面就没有那么可怕了。毕竟，进可攻，退可守。成了，皆大欢喜；不成呢，就当作是交际练兵。

一段时间下来，通过和美呆的饭后交流，关于相亲，我们甚至得出了一个令人惊恐的理论。

80/20法则。

世界上80%的事情是由20%的人决定的。

也就是说，20%的男人拥有这个世界上80%的好姑娘，而80%的好男人拜倒在20%的女人的裙下。

如果这样推算的话，相亲的时候遇到MR. RIGHT的概率似乎很低。尽管如此，我们仍旧不能放弃。爱情这东西本身就跟六合彩一样，中的概率极低，但是绝对存在。

缘分本来就是很奇妙的，说不定适合美呆的俊美男子，就是我同学的闺蜜的二姨的儿子呢？这可说不准，我们鼓励美呆再接再厉，不要气馁。

到了后来，相亲的规模扩大化，已经超越我们这个小圈子，转而是我同事的同事的同学的同学，狐狸朋友的朋友的同学的同事……

我们似乎无意中推倒了多米诺骨牌，接着引发出一系列的剩男剩女反应，这简直跟扎克伯格的FACEBOOK创意有得一拼。

我在想，如果不是我遇上狐狸，可能我也要正式进入相亲大军之中。不知道我们这一代人怎么惹恼了上帝，似乎一毕业就直接化身剩男剩女了，连留给我们反应的时间都没有。

不管怎么样，希望我们每个人都尽快寻到自己的归属。

谈恋爱，趁年轻。

其实现在这个时代，爱情可以快速地建立。

你要认识一个女孩，闯入她的生命，仅仅需要一个十一位号码就够了。

通几次电话，唱两次歌，吃两次饭，关系就可以迅速建立。

然后，你们开始聊天，从警惕到略带着欣喜，小有期待再到用电话煲粥，说荤段子，彻夜不眠，胡说八道。

两个原本无关的人就发生了密切的联系。

这一切可能都是因为这个十一位的电话号码。

这可能就是我们常说的缘分。

一种非理性的、不可预知甚至不可设定的东西。

很多年之后，我仍旧记得几个号码。

闭上眼睛就能想起来，那串号码的主人曾经让我魂牵梦萦，曾经让我痛彻心扉。

爱情和时间的残酷之处在于，当一切华美的袍子被扯下，剩下的只有一串再也没有人接听的号码。

第三十二章　干吗，呵呵，去洗澡

上班，忙忙碌碌，无暇他顾。

打开MSN，小不点的窗口突然跳出来。

对话框里只有一个笑脸。

然后，这个笑脸还是被我解读出了很多潜台词。

比如，在干吗，还好吗，活着吧，我想你了……

爱情确实够变态的，好像一旦跟爱情沾了边，所有人都不好好说话了。

在爱情的聊天工具里，所有人都变成了翻译家。要传情达意，要信达雅，要春秋笔法，微言大义。

在吗，忙不，早点睡。

干吗，呵呵，去洗澡。

太变态了。

我手指悬在键盘上好久，却不知道该打什么字给她。我已渐渐失去直接与她对话的能力，只能从别人那里得到她的消息。

最终，我只是回了一个同样的笑脸给她。

然后，窗口暗下去，再无音讯。

我听说，失去了缘分的两个人，这辈子可能再也见不到了。

这样也好。

周五晚上，我和狐狸去看电影。

照旧是美国大片，大场面，肌肉男，炸弹和荷尔蒙在飞。

狐狸咬着爆米花，紧张兮兮地盯着银幕。

只要跟心爱的人在一起，看到马路上的两棵树都会以为他们相爱了。

就在我试探着在不惊动狐狸的情况下，把手伸到她胸前的时候，手机突然在我口袋里震动起来。

我突然有一种不祥的预感。

我偷偷瞥了一眼压在口袋里的手机，手机上显示着一个三个字的名字。

仅仅是三个字，却足以让我魂飞魄散。

我拍拍狐狸的肩膀，做了个接电话的手势，狐狸摆摆手，眼睛没有离开银幕，示意我快去快回。

我猫着腰，钻出电影院，接起电话：

“喂？”

声音是有温度的，尤其是某个人的声音，它像气味一样，永远都缠着你，在你以为已经忘了的时候，突然跳出来，吓你一跳。

仅仅是一个字，就足够唤醒你关于电话彼端那个人的全部记忆。

是她！

“喂？”

长久沉默。

电影院外面还有人排着长队，情侣们在看着排片表。

在这种沉默里，似乎所有的记忆都复活了。

更可怕的是，就在这样的沉默里，好像所有的事情都没有发生过。

她还是她。

我还是我。

她终于开口，没有寒暄，直奔主题："我明天到上海。"

我愣住，以为自己听错了，她说她要回来了，这是真的吗？在离开我十个月之后，她说她要回来了，就好像她只是去巴黎度了三天的假。

"你……"

"我回国办点事，想去看看你。"

"那……你待多久？"

"待两个礼拜。"

她努力使自己的声音听起来轻快平静，可是我能听出她声音里的颤抖。我不知道这种颤抖究竟代表什么，但是我能听出来，就像很久以前我能解读她的口头禅一样。

我一时间愣住了，就是这个十个月之前跟我说分手的小不点，现在说她要回来了，要来上海看看我。看我什么呢？看我是不是还活着？看我有没有瘦到脱相？还是看我是不是已经好起来，开始新的生活了。

我虽然不忍心在她的名字前加上"前女友"这个定语，可是，这却已经是无法改变的事实。

我说不出话，我不知道该对这样一个消息作出什么反应，就像十个月前我不知道该对"我们分手吧"这样的消息作什么样的反应一样。

她听出了我的犹疑，就像她以前做的一样，她能翻译我的沉默，理解得比谁都精准。

“你不高兴？”她问。

我说：“没有。”

“你不高兴。”她说得斩钉截铁。

我不是不高兴，我只是不确定，我不确定我现在是应该高兴，还是应该悲伤。就好像你丢了一辆自行车，就在你买了新的自行车之后，旧的自行车突然出现在你面前。

我努力平复着自己的心跳：“那你明天几点到？我去接你。”

“上午十点，俄罗斯航空。”

“好。”

“那……那就这样，明天见。”

她听出我不想多说话，她总是能听出来，她还像以前一样善解人意。

我等她先挂了电话，然后回味着电话挂断一刹那的余温，就像我们当初恋爱的时候一样。我总是最后一个挂电话，这个习惯我一直保持着，以后可能还会继续保持。

她离开我十个月了，也许对她来说，十个月不过是弹指一挥。可是这十个月对我来说，已经恍如隔世。

她好像已经离开我一个世纪了。

这一个世纪里，发生了太多的事情，如果她不是现在要回来了，我甚至都忘记了她的样子。

思念太用力，就会忘记你正在思念的人。

我回到电影院，电影刚刚经过高潮，观众都意犹未尽地盯着男女主角在接吻。

狐狸看了我一眼：“你死哪儿去了？你知不知道你刚才错过了

什么？”

我微微一笑，没有说话。

“嗯？你怎么了？”狐狸一直都很敏感，现在更不例外。

我摇摇头：“没事啊，可能有点不舒服。”

“不舒服？”狐狸突然凑到我耳边，“看完电影我回去给你马杀鸡呀。”

我伸出手把狐狸搂在怀里，下巴贴着她的头，她头发里还有伊卡璐的味道，我闭上眼睛，心事重重。

狐狸似乎感知到了什么，她乖顺地靠在我怀里，偷偷地嚼碎爆米花。

片尾曲响起，观众纷纷起身离席。

我在狐狸头顶吻了一下，低声说：“散场了，我们回家吧！”

我牵着狐狸的手走在路上。

看完电影牵着爱人的手走在错落的人群里，这一直都是我最喜欢的画面。

牵着她的手，这就是人生的意义。

我们安静地走着，谁都没有说话。

狐狸很快就感受到我的低落，她没有问，我知道她在等我自己告诉她。

我深呼吸一口气：“狐狸。”

“嗯？”狐狸抬起头，宠溺地看着我，好像无论这个世界上发生什么事情，她都会陪着我。

“我想跟你说件事。”我声音有些沉重。

“你说吧！”狐狸眨着眼睛，像个不谙世事的小女孩。

“她回来了。”

尽管只有四个字，可是我却说得很慢。

狐狸看着我：“她？”

我点点头：“我不知道怎么称呼她合适，她就是我的前女友。”

狐狸脸色一沉，但随即努力撑起笑容：“别挤牙膏，一气儿说完。”

我点头：“她说明天到上海，说想见见我，只是见见而已，没有别的意思。”

“哦！”狐狸看起来很轻松，“那见呗！”

我握紧狐狸的手，看着她的眼睛，却说不出话。我明知道这样做会伤害到狐狸，可是我心里还是特别想见见小不点，我也不知道为什么，我总觉得，我应该见见她。就好像要去完成一桩心愿似的，毕竟我和她分手是在邮件里进行的。这对于我来说，始终是个奇怪的心结。

狐狸突然捧起我的脸，脸上绽开笑容，声音很温柔：“我跟你一块儿去。”

“啊？”我张大了口。

狐狸很认真地看着我：“怎么？你怕？”

我连忙摇头：“不是，只是……”

“只是什么？你别告诉我你跟她旧情未了。”

狐狸语气轻快，我却胆战心惊。

现女友要见前女友。

这听起来不是什么好事情。

狐狸看着我，等待我的答复。

良久，我只好点点头，说：“那好吧！”

第三十三章　爱就是永远不说对不起

第二天，狐狸早早起来。

她虽然随随便便套了一件外套，可是我仍旧能看出来，她这身衣服是精心挑选过的。

狐狸做事一向妥帖，我看着她，心想，或许这就是最佳的正室风范吧！

一路上，我们都没有说话，好像在比谁沉默得更优雅。

这样的见面确实很奇怪。

然而不知为什么，从失恋之后，我内心深处好像一直期待着这样一场会面。好像我是要证明什么，好像我是要宣告什么。

但是我到底要证明什么，宣告什么呢？

机场。

机场和车站一样，都是送别的地方。

黯然销魂的离别，有时候也有黯然销魂的重逢。

比如现在。

前女友以一种扑面而来的姿态，突然出现在你的生活里，让你猝不及防。好像所有已经安稳的生活现状，都要因为她的造访而改弦更张。好像我曾经丢掉的一部分血肉，现在它又回来了。可惜原来的伤口已经结了痂，再也没有这块血肉的位置。

狐狸在候机厅东张西望，不知为什么，我突然有种错觉，好像狐狸比我还期待这场会面。

在和小不点分手之后，我无数次设想过重逢那一天，在我的设想里，有好多个版本。

1. 我们远远地望见，向着彼此飞奔，慢镜头，然后我抱起她，抡圆了一个圈，周围好多人起哄欢呼。

2. 我们默然相见，寂静欢喜，我嘴上有笑，她眼角含泪。

3. 我们擦肩而过，并未认出彼此，从此在时间的洪流里，永远错过。

4. 机场出现恐怖分子，我英雄救美，登上头版头条。

可是，这仅仅是我的设想。

因为很长一段时间，我都觉得，我和她可能这辈子都不会再见了。

可是现在，她回来了。

我不敢正视狐狸，因为我可以换位思考，如果今天要见的是狐狸的前男友，我绝不可能如她一般冷静。

狐狸身上透出一股强大的气场，我有些喘不过气来。

十点整。飞机抵达上海。

我和狐狸站在错落的人群里，看着汹涌而出的人们。

狐狸靠在我身边，好像我们今天来接的人，只不过是我们两个人共同的好朋友。

我紧张极了，手都不知道该往哪里放。

十分钟后，我看到小不点，像往常一样，我还是能第一眼在人群中认出她。

她永远显得那么小，一个小小的人拖着一个小小的箱子去了一个大大的国家，跟她离开的时候一模一样。

现在她回来了，正朝着我走过来，走得郑重而缓慢。

我却再也不能往前一步，脚底好像生了根，根系一直生长到地壳深处，绕着地核三匝。

狐狸注意到我的紧张，伸手挽住我的胳膊。

我身子一抖，几乎要摔倒，狐狸用力挽住我，没有说话。

我伸出手跟小不点打了个招呼，就好像上大学的时候，我站在女生宿舍楼下跟她打招呼一样。

小不点看到我，踮起脚跟我挥手，然后拖着箱子朝我走过来。

我呼吸都在发抖。

狐狸不动声色，微笑地看着走过来的小不点。

小不点走过来，看看我，又看看我身边的狐狸，一时间没有反应过来，她愣住，没有说话。

狐狸突然伸出手，语气欢快地说："你好，我是他女朋友，欢迎你回来！"

小不点愕然地看着我，我不知所措，小不点努力挤出笑容，和狐狸握手，说："你好！"

狐狸微笑："我们通过电话，你还记得吗？"

小不点一脸茫然："你是说……"

狐狸点点头："就是我学韩语那个晚上。"

小不点虽然也笑，但那笑容有些难堪。

我猛然记起那个和狐狸一起看电影的晚上，我和小不点通电话的时候，狐狸突然喊了一句“我先去洗澡”……

我连忙开口：“走吧，我们找个地方坐坐。”

狐狸说：“好呀！”

我伸手去接小不点的箱子，她却没有松手，我看了她一眼，缩回手，心里五味杂陈。

我们三个人一字排开地走着。

小不点拖着的旅行箱发出声音，回忆被打开，我心里依然酸楚无比。

这个旅行箱我太熟悉了，就像对她的声音一样熟悉。

我们拖着这个箱子一起去过很多地方，如果回忆能储存，我愿意把它们晒干，裱起来，挂在墙上，供二十年以后的自己瞻仰。

出了机场，我打了车，自己坐在副驾驶位置，狐狸和小不点一左一右地坐在我后面。

狐狸全程带着若有若无的微笑，像是在审视小不点。

小不点依然酷酷的，回看着狐狸。

出租车里气压本来就很低，一时间，我甚至感觉自己有了高原反应。

狐狸开口：“法国人特浪漫吧？”

小不点笑笑：“嗯。”

狐狸点头：“我听说法国男人是风评最好的情人，是真的吗？”

小不点摇头：“或许吧，不过东方女孩还是找东方小伙儿比较靠谱。”

狐狸语气困惑：“为什么？中国男人风评不高啊。”

小不点回答：“国产的虽然这不好那不好，用着虽然不习惯，可是心里踏实。”

狐狸笑出声来：“这倒也是。”

两人说完，开始沉默。

我看着前面的汽车屁股，心里正在核聚变。

过了两个路口，小不点开口：“你们两个……认识多久了？”

狐狸回答：“哦，他一来上海我们就认识了，我们住一起。”

小不点有些吃惊：“住一起？”

狐狸说：“是呀，合租嘛，当时我们一个房客搬走了，正好他找房子找过来，就和我们三个姑娘住一起了。”

小不点更吃惊：“和三个姑娘住一起，真的吗？”

这话是在问我，我回过头，点点头：“是四室一厅的公寓，住四个人，正好。”

小不点哦了一声：“就是说，你们俩认识有……我算算……十个月了？”

狐狸微笑点头，说：“是呀。”

小不点也笑：“我和他是大学同班同学，认识四年零十个月。”

狐狸耸耸肩：“有时候一大于二，有些事，时间说了算，可有些事跟时间没关系。”

我说不出话，只感觉车厢里刀光剑影。

出租车司机专心开车，但似乎也感受到了不寻常的气压，他默默地打开收音机。

收音机里迅速传出歌声“我也很想他，我们都一样”。

透过后视镜，我看到狐狸和小不点分别扭头看向车窗外。

我没敢回头。

终于，狐狸又开口：“你在国外是两年课程？学什么的？”

“两年，念MBA。”

“哦，以后就是海归，高端人才，不愁吃、不愁穿、不愁嫁。”

“你呢？什么工作？”轮到小不点问问题。

狐狸轻描淡写："我啊，猎头公司上班，收入不够，就啃男朋友。"

小不点摇摇头："他很抠的。"

狐狸傲然道："那要看对谁。"

两个人好像完全忽略了我的存在，我突然胆战心惊地想，她们两个不会就此成为闺蜜吧？这也太变态了。

再听下去我非要跳车不可，好在师傅拐弯，停车，终于到了目的地。

我当然先下车，好像先给谁开门都不太好，我只好直奔后备厢。

她们两个等了一会儿，各自开门下车。

我拿出箱子，付了钱。

跟在她们两个后面，进了雕刻时光。

找到位子，我和狐狸在小不点对面坐下。

小不点看了我一眼，又看看窗外，似乎对于我这样的位置安排心有所感。

然后，她看着狐狸，狐狸看着她。

两个人，眼神里都充满了一种奇怪的深意。

我猛然记起，中英交换香港所属权的时候……

我知道我该正式相互介绍一下，可是我该怎么介绍呢？

哦，一个是我现在的女朋友，一个是我以前的女朋友，你们两个因为我而认识，都是缘分，握个手吧！

这是多么欠揍的说法。

我只好用她们的名字互相介绍，每一个名字都让我胆战心惊。

我给狐狸点了牛奶咖啡，给她点了卡布奇诺。

咖啡很香，今天喝在嘴里却觉得格外苦。

我们三个人就这样对坐，谁也没有先开口说话。

我真觉得自己有受虐倾向，不然何以亲手造就现在这样一个局面。

一个是我现在爱着的女孩，一个是我喜欢了四年的姑娘。我面对她们两个，语言系统完全崩溃。

对坐了好一会儿，小不点搅动着咖啡，终于开口：“其实我这次回来，只是来看看他，就是老同学见见面，没有别的意思。你别多想，也别对我有敌意。”

狐狸微笑：“放心，我明白。咱们也不是敌人，没那么严重，斗斗嘴就是女孩间的交往方式。你别往心里去。”

小不点“嗯”了一声，突然变得很安静。

两个人一改刚才在出租车里的刀光剑影，我突然有种特别不真实的恍惚感。

狐狸喝了一口咖啡，牛奶在她嘴唇上留下一行印记，我忍不住拿起纸巾给她擦干净。

这是个简单的动作，我放下纸巾的时候，才看到小不点脸上的表情。

疼可以很具体地表现出来。

我低下头，因为就在一年前，我也是这样帮她擦的。时过境迁之后，我仍旧保持了这个习惯。

狐狸坦然享受着这样的优待，脸上仍旧微笑，看着她，缓缓开口：“不管怎么说，能坐在一起，都是缘分，很高兴认识你！认识了你，我就能更多地了解他的过去，其实我对你特别好奇。我看过他写的文章，那篇《你的美，我不配》我看哭了，我特别想知道，到底是怎样一个人让他念念不忘了这么久。现在我看到你，我觉得他所做的，都值得。”

小不点看了我一眼，又去看狐狸：“你很漂亮，他现在过得好，我也很高兴。我和他之间，都过去了，况且，原本就是我先离开的，我一直觉得对不起他。”

狐狸摇摇头，突然问：“你看过西格尔的《爱情故事》吗？”

小不点苦笑，随即点点头。

狐狸说：“爱就是永远不用说对不起。”

小不点又笑了，笑得很会心，会心之中似乎也有一丝痛苦。

即便隔了这么久，我仍旧能感受到这种痛苦。

我记得，第一次吻她的时候，我曾经问她：“你看过西格尔的《爱情故事》吗？”

她摇摇头，说：“没。”

然后我就跑回宿舍去拿笔记本，我们两个在自习室里，相依相靠地看完这部略显老套却催人泪下的电影，她哭得泪水淋漓。我当时发誓，不让她在我们的感情里掉眼泪，也不让她受一点委屈。

来上海之后，我找到一本《爱情故事》的旧书送给狐狸，再次把西格尔1970年写就的《爱情故事》讲给狐狸听。狐狸捏着我的鼻子说：“我保证不再让你一个人了，你打篮球我会在旁边给你当拉拉队长、给你递矿泉水，你发脾气我会比你发更大的脾气，但不论怎么样，我都不会走太远，你走累了，转个身，认个错，第一眼就能看到我。”

我把这个故事分享给两个我最爱的姑娘，在我的成长过程中，若不是她们，生活该有多么单调乏味。

我看着小不点，从她的眼神里我就能感觉到，她记起了那个下午，那个我们一起在自习室里看《爱情故事》的下午。

我嗓子发干，发声困难，好像是小时候做了坏事，被班主任叫到教导处训诫。

狐狸继续说："我喜欢他，我不会让给你。不过，如果他还是希望跟你和好，我也不拦着，我也拦不住。他不是我的物件儿，我爱他，可他不归属于我，他有自己选择的权力。"

我惊恐地看着狐狸，她回望我，眼神平和，那意思就是说，如果你还想再续前缘，我可以从背后踹你一脚，让你速度更快。

或许，狐狸这种有恃无恐的自信，就是我爱上她最重要的理由之一吧！

小不点笑着摇头："他不选，我也知道结果，我很了解他，我虽然不了解你，但凭直觉，我觉得你比我更适合他。况且，我这次回来也不是要打扰你们的生活，我只是路过这里，顺便看看老朋友。"

小不点眼神萧瑟："有些事有些人一旦错过了一时，就是错过了一生。他就是我年幼无知的时候错过的，我做错了事，就要为后果埋单。"

随后，狐狸和小不点一起看着我，似乎还是要我做出回答。

我思绪万千。

小不点给了我最美好的青春，而狐狸给了我重新面对生活的勇气，给了我一次成长的皮蜕和新生。

我最讨厌选择，可是，却总是有选择要摆在我的面前。不管有多难，有多痛，我都要按下选择键。

在我设想的重逢场景里，从来没有过这样的局面。生活是不可逆的化学反应，我们都斗不过命运的安排。

有些事，无论你多么舍不得，它们都已经留在过去了。就好像你不能重新淋一场十八岁时的大雨，就好像你再也不能回到教室听生物老师讲生理卫生。

霍金曾说：“集合几个地球的能量可以去到未来，却永远也回不到过去。”

青春终将逝去，或者已经逝去，而生活还要继续。

我看着小不点，看着她努力掩藏着自己那一点小小的期待。

我看着狐狸，狐狸云淡风轻地看着我，好像事不关己。

我看了狐狸一眼，然后握住小不点的手。

小不点手一抖，但是没有动，任由我握着。

我看着小不点，看着她久别十个月之后白皙却瘦削的脸，陌生又熟悉。

我说：“对不起，我不能再爱你了。”

小不点看着我，脸上绽开笑容，用力地笑，眼泪却喷涌而出，她点头：“我知道，我知道，我当然知道。”

我心如刀绞，觉得自己很残忍，就像当初她跟我说分手时一样残忍。猝不及防的角色互换，我并没有感到那种报复的快感，相反，我难受极了。

成长这件事如同分娩，本身就有阵痛。

如果不痛不痒，怎么能长大呢？

小不点没有哭出声，可是眼泪却顺着脸颊流下来。

狐狸看了我一眼，没有说话，她默默地递给小不点一张纸巾。

小不点没有接，只是微笑地看她。

两个人无声对视。

我很想替她擦干净眼泪，就像我以前经常做的那样，可是我没有。

让她哭吧，大哭一场，哭一场淋漓尽致，哭一场雨过天晴。

我不知道她这次回来的原因，我却清楚地知道，分手以后，她跟我一样，过得不快乐。

但是，我只能说，一切都会好起来，这就是我们活下去的希望。

我曾经心爱的姑娘，我们不疯魔不成活地度过了大学四年，在那个常常下雪的城市，写下了我们青春的终章。我拥有你的发卡，你的背包，你的声音，你的笑骂，你的体温，你的第一次。我曾经发誓要把我拥有的一切都给你。

对不起，我食言了。

爱情原本应该简简单单的，不比智商，不比心眼儿，不去管房子车子。

爱情不是交易，不是谈判，不是经商。

爱情就是我爱你，你爱我。

你爱了我就不爱别人，我爱了你也不再爱别人。

世上有可以挽回的和不可挽回的事，而时间经过就是一种不可挽回的事。

我们都回不去了，我们都要继续新的生活。

爱就是永远不用说对不起。

可是，我仍旧想对她说："对不起，我曾经许给你的，还未曾实现的，只能成为我们青春博物馆里，最美的那一颗化石。"

第三十四章　离开你六十年，但愿能认出你的子女

晚上一起吃饭，气氛仍旧尴尬。

恋人想做回朋友，实在是比想象中难多了。

小不点说，她明天就回北京。

我说："那我送你去机场。"

小不点摇摇头，说："不用了。"

狐狸突然开口："让他送你吧，你们单独聊聊。"

小不点看了我一眼，没有说话。

吃完饭，给小不点安排好酒店，我和狐狸打车回家。

一路上，彼此无话。

狐狸只是握着我的手，我能感觉到她手上的重量。

回到家，狐狸看着我，对我说："你早点睡，明天你还要早起。"

我还没来得及回答，狐狸已经进了自己的房间，轻轻关上门。

我回到房间躺下，一夜无眠。

我想了很多，问了自己很多没有答案的问题。

很多人都说，90%的男人对前女友都无法忘情，因为他们潜意识里还认为前女友是自己的女人。

前女友还有一个词叫旧情人。

旧情人就像旧背包一样，旧得很好看，遗憾的是它已与爱情无关。

或许吧！

前女友是一种情怀，前女友是一种毒瘾。

不管这个人在不在你身边了，情怀却伴你终生。

亲爱的姑娘们，也就是说，你此刻的这个男朋友，是他的前女友（们）一手塑造的。他之所以成为现在的他，很多地方都归功于他的前女友。而你，或许继承的是他前女友的遗产。

每一个好女人都是一所学校。

前女友就是男人们的母校。

现在他们毕业了，或许吧，你和他都应该感谢他的母校。

但是，他已经毕业了。

你才是他现在的人生。

他不会忘记他的母校，可是他也不会再回去上学了。

第二天我早早地起来，推开门，狐狸正从厨房里端着煎蛋出来，看到我，微笑说："你起来了？我做了早饭。"

我受宠若惊地洗漱完，然后有些拘谨地坐在狐狸对面开始吃早餐。

狐狸递给我一片面包，说："以后，我第一个要纠正的就是你不吃早饭的坏习惯。"

我点点头，说：“你做了我肯定吃呀，我不吃都是因为没人做。”

狐狸哼了一声：“我今天给你做的是爱心早餐，以后我们要轮流值班，一三五你做，二四六我做，周日下楼吃。”

我说：“Deal。”

吃完饭，狐狸送我到门口，只是看着我笑。

我低头在她脸上亲了一下，转身出门。

打了车，到酒店接小不点，小不点看起来有些憔悴，显然昨天晚上也没有睡好。

我帮她打包好行李，一前一后地下楼。

出租车上，小不点突然靠近我，把头靠在我肩膀上。

我心里一阵疼，好像我们穿越了一样，我又要送她去机场。

我讨厌机场和车站这种地方。

从酒店到机场的路上，我们就这样靠着，谁也没有说话。

外面的天气真好！

候机厅，我们面对面站着，像十个月之前一样。

可是现在却再也说不出话，我只是看着她，她只是看着我。

我伸出手抱紧她，她紧紧地贴着我。

“保重！”我说。

她点头：“你也保重！”

我们曾经有过很多次相拥而泣，在热恋后的第一个暑假结束的校门口，在大吵一架的学校餐厅，在泰山顶上初升的太阳底下，在酒店2302房间的落地窗前，在小树林、在火车站、在飞机场，在毕业之后的美梦里……

每一个我都记得，每一个我都不想忘记。

但我深知，这一次却是我们最后一次拥抱。

很多年之后，我们或许仍旧可以一起吃火锅，可是却再也找不到拥抱的理由。

十个月之前，我们面对面站着，像是所有面对离别的情侣一样，你侬我侬，依依不舍。

我说："你可要早点回来。"

她说："你不准跟别的姑娘看电影。"

我说："那你也不准跟法国帅哥调情。"

她说："我天天都给你打电话。"

我说："国际长途多贵呀，咱可以视频呢，裸聊。"

她说："去你的，我才不。"

然后她哭了，然后我哭了。

我们好像是在比赛一样，看谁的眼泪能把飞机场淹没，这样因为天气原因，飞机就不能准时起飞了。

她哭得像个孩子，我也好不到哪里去。

涕泪交流这种感觉，太讨厌了。

我们足足擦掉了一包纸巾，这种纸巾消耗量，只有当年我们第一次去酒店看电视的时候，才能相媲美。

现在，她走进安检口，我拼命挤出笑，跟她挥手，喊："少吃肉，控制体重。"

她也笑了："你要多锻炼，都有小肚腩了。"

我看着她，她的箱子好小，跟她的人一样小。

每次从背后看她，看她的身影流入人群，我总感觉自己的心都要融化了。

她回头看了我一眼，我再也忍不住，泣不成声。

她扶着箱子远远地看我，咬着牙，抽泣，拼命地对我挥手。

有那么一瞬间，我真的想喊住她，像以前一样地喊："你别走了，我养你啊！我会炒土豆丝，会做水果沙拉，你生理期我会给你暖肚子，冬天用手帮你暖脚，你别走了……"

可是我没有，我喊不出来，我不能毁了她的理想啊！

她最后深深地看了我一眼，拖着箱子，转身离开，留给我一个决绝的背影。

撕扯血肉般的，我的眼泪喷涌而出……

原来，我们的这一生中，都充满了漫长的离别……

我亲爱的姑娘，当我不再拥有你，你也不再拥有我，请千万记得，曾经有十二只白鹭，飞过秋天的湖泊……

请千万记得，你的青春，你的青涩，你四年的大学，你最美好的年华里，你最年轻的岁月里，你每一个下雪的夜里，每一个下雨的早晨，都有我。

谢谢你，让我的青春、我的年少也充满了你。

再见了！

再见了，我曾经最爱的姑娘，我曾经的梦想，我曾经所有的一切，再见了。

离开你六十年，但愿能认得出你的子女，临别亦听得到你说"再见"。

当你的悲伤平息之后，你将会因为认识了我而感到高兴。

而且，悲伤总是会平息的。

See you in another life，see you.

别忘记，每一个人都有属于自己的一片森林，迷失的人迷失了，相逢的人会再相逢。

飞机起飞，青春再见！

终章　我喜欢你是寂静的

我一把鼻涕一把泪地走出机场，我抬起头，看着那些起飞和降落的飞机。它们带走了谁的思念，又带回了谁的爱人。

天空底下，又有多少人在表白，多少人在相爱，多少人在分手。

爱情，一直都干干净净的，而脏了的，其实是我们。

我站在原地，仰着头，眼泪决堤。

我从未如此难过，从未如此绝望，第二次她跟我分别甚至比第一次她跟我说分手痛得还要剧烈。

我咬着牙，心在抽紧。

突然，有人拍我的肩膀，我顾不得眼泪汹涌，猛地回过头。

狐狸站在我身后，一脸微笑地看着我，然后伸出手给我擦眼泪，像是一个母亲在安慰哭闹的孩子。

有一种女孩是这样的！她想给你当姐，想给你当妈，又想给你当女儿。我们有时候需要她的母仪天下，有时候需要她的小鸟依人。

狐狸就是这样的女孩。

她给我擦干眼泪，然后伸出双手抱住我。我抱紧她，虽然仍旧在掉眼泪，可是心里却很平静。

狐狸凑到我耳边，说：“我们回家吧！”

八点多，我们回到家。

推开门，亮亮冲过来一把拉住我，晶晶手里拿着一根臂力棒。

亮亮躲在我身后，哭喊：“哥快救我，这泼妇要谋害亲夫。”

晶晶说：“你给我让开，今天我非让他屁股开花。”

亮亮钻了个空子，窜入晶晶卧室。

晶晶追过去，关上门。

里面传出亮亮的惨叫。

我和狐狸对望一眼，相对苦笑。

这时候，美呆的门突然打开了。

我一愣，美呆从屋里羞答答地扯出一个男孩，羞答答地指给我看：“这是我同事，姓许。”

许同学很慈祥，憨憨地笑，说：“你好，你好！”

我看了美呆一眼，美呆低下头，红晕上脸。

我心想，看来我们发起的“美呆相亲运动”有了初步的成果。

狐狸看了我一眼，笑着说：“都回来了，我早上买了菜，我们一起做顿饭吧！”

晶晶扭着亮亮的胳膊探出头来，说：“好呀，我要吃红烧肉。”

美呆撅起嘴：“可别让我洗碗啊！”

许同学连忙说：“没事没事，洗碗这种事，我来我来。”

我们六个人，做了一桌子菜。

晶晶开了一瓶红酒，举杯："来，我先说两句，祝我们伟大的祖国繁荣昌盛。"

亮亮哈哈大笑："我也来，祝我们的合租生活欣欣向荣，明年我们换一个更大的公寓，我也想搬进来。"

晶晶瞥了亮亮一眼："你想得美。"

美呆想了想说："也许，以后晚上会有个傻瓜送我回家。"

许同学羞涩地低下头。

我看着狐狸笑，说："希望我们相亲相爱，别辜负了彼此。"

狐狸看了我一眼，眼神温柔。

狐狸说："别废话了，赶紧干了。"

我们闹腾到十点多，才各自散去。

许同学默默地看了美呆一眼，然后说："那明天我去接你下班。"

美呆咳嗽了一声，说："你随便。"

许同学心有不甘地转身出门。

亮亮看着晶晶，眼神贱贱的，好像急于吃奶的孩子。

晶晶剜了亮亮一眼，走进卧室。

亮亮拍拍我的肩膀，朝我眨了眨眼睛，然后狗腿子似的跟进去，随手关上卧室的门。

我站起身，一把抱起狐狸。

狐狸没有反抗，任凭我抱着她走进她的房间。

她坐在我腿上，我们两个人安安静静地看了一部电影。

电影具体是什么，我根本没往心里去。

因为此刻，我满心想的都是我现在抱着的这个人，她已经成为我身体的另一半。

我喜欢你是寂静的。

从此以后，我爱你，君权神授，责无旁贷。

电影结束，狐狸站起身，看了我一眼，轻声说：“我先去洗澡。”

浴室里传来水声，像是钢琴和管弦乐的合奏，此曲只应天上有。

在大悲与大喜之间，在欢笑与流泪之后，我体味到前所未有的痛苦和幸福。生活以从未有过的幸福和美丽诱惑着我深入其中。

我就像是生了一场大病，但是我正在以最快的加速度痊愈。

我走到狐狸窗前，透过狐狸的窗帘，看天上的月亮。

今晚的月亮比平时都要大，都要美……

—END—

后　记　失恋的孩子推动人类文明

亲爱的你，见字如面：

当你看到这封信，想必下过雨的天空已经转晴，那些让你死去活来的情歌也可以切了。

此刻你与我一样，在一个陌生的城市里，上班挤地铁，谋生亦谋爱。

那个你曾经以为永远不会离开你的人，终究还是离开了你，甚至没有一个冠冕堂皇的仪式，也没有一个光明正大的理由。

她或者他，浑然无事地和你走在路上，走着走着，突然停下来，跟你说："我们分手吧！"

然后转身离开，把悲伤和回忆留给你，自己云淡风轻，净身出户。

这当然很残忍，可是，在爱情里，分手是每个人的权利。

尽管我不同意，尽管我舍不得，可是我捍卫我爱的人和我说分手的权利。

2011年10月12日，失恋。

2011年12月3日，周六，有风。我对着电脑，啪啪啪地敲出这样一个故事。

我与你一样，在每一段感情里，都有很多话要说。好像这些话就是这段感情的纪传体通史，我只有白纸黑字地忠实地记录下来，它们才能躲过时间的洗劫，存活更久。

在爱情里，每个人都是诗人，每个人都是历史学家。

失恋之后，每个人都成了复读机，每个人都成了祥林嫂。

我写完第一段，便关机睡觉。

第二天早上醒来，帖子已经被顶到豆瓣B组的顶层，各大论坛也纷纷转帖，点击量吓了我一跳。

喜欢一个故事有很多理由，我想最大的可能就是，我们都能在故事里找到自己，找到那个理想中的自己，找到那个失恋的自己，找到那个有很多话想说、却始终不知该怎么说的自己。

于是，从那个周末开始，一直到2012年3月11日，每天晚上我都和键盘跳舞，啪啪啪啪，把我内心深处的真正所想，全都变成宋体字。

然后，我写一段，你看一段。

就这样，我写了三个月，你追了三个月。

在这三个月里，巴黎下了好几场雨。

在这三个月里，阿黛拉的《Someone like you》单曲循环了无数遍，唱片卖了一千万张。

在这三个月里，伤口结痂，长出新肉，换了床单，不再失眠，一沾枕头就着，早起醒来，风吹眼睫毛，太阳晒屁股。

生命中有很多三个月，但是对我来说，有这样一个故事让这三个月变得非比寻常。

看到故事的人越来越多，其中包括我的小学女同学，她战战兢兢地问我："那个故事真是你写的呀？"我说："是。"她说："完了，你丫成了我的启蒙老师了……"

我想，这是我听过的最受用的评价。

我的诸多理想之中，有一个就是成为姑娘的启蒙老师。

或许，我用这个故事，真的做到了。

我欠身行礼，荣幸之至。

失恋嘛，在我们的人生中，就像感冒发烧长青春痘来大姨妈一样平常。

尽管当时痛彻心扉，但时过境迁之后，我们还是会像十八岁一样，去爱，去相信，最掏心，最开心……

那些有伤的"骚年"，最终都是自我治愈的。

So, keep walking.

不管怎么说，这些年，那些年，我们一起度过的，就是最美好的。

谢谢你，我最亲爱的读者，感念你陪着我一起完成这个故事。

谢谢你，我远在巴黎的姑娘，我很不忍心在你的称谓面前，加上一个EX。

谢谢你，爱上小王子的狐狸，在相互驯养之后，我们对于彼此都变得独一无二。

生活还在继续，心中有光，我什么都不怕。

最后，让我们用米兰昆德拉的名句结尾：

来，让我们穿上最美丽的衣服走在街头，爽朗地高声大笑，让所有人的目光注视着我们，让我们真的叫他们忌妒。

来，让我们轰轰烈烈地经历一次爱情，甜蜜热切地在绿草地上拥抱，让我们的手指互相缠绕，心灵互相抚慰，让我们真的叫他们忌妒。

送给你：

那些年，我们一起失的恋。

那些年，我们一起追的帖。

宋小君

2012年3月11日

于湿意的上海